新・知らぬが半兵衛手控帖

一周忌

藤井邦夫

JN052923

双葉文庫

目次

一周忌　新・知らぬが半兵衛手控帖

江戸町奉行所には、与力二十五騎、同心百二十人がおり、南北合わせて三百人ほどの人数がいた。その中で捕物、刑事事件を扱う同心は所謂《いわゆる》〝三廻り同心〟と云い、各奉行所に定町廻り同心六名、臨時廻り同心六名、隠密廻り同心二名とされていた。

臨時廻り同心は、定町廻り同心の予備隊的存在だが職務は全く同じである。そして、定町廻り同心を長年勤めた者がなり、指導、相談に応じる先輩格でもあった。

第一話　長い一日

一

朝。

雨戸の隙間や節穴《ふしあな》から差し込む朝陽《あさひ》は、寝間《ねま》の障子《しょうじ》を明るく照らした。

北町奉行所臨時廻《りんじまわ》り同心白縫半兵衛《しらぬいはんべえ》は、眼を覚まして蒲団《ふとん》の中で手足を大きく伸ばした。

今朝も廻《まわ》り髪結《かみゆい》の房吉《ふさきち》が来る前に眼が覚めた。

房吉が来る前に眼が覚めるようになってもう随分と刻《とき》が経つ。

俺も歳だな……。

半兵衛は苦笑し、起き上がって障子と雨戸を開けた。

朝陽が一挙に寝間に満ち溢《あふ》れた。

半兵衛は、眩《まぶ》し気《げ》に眼を細めた。

月番《つきばん》の北町奉行所は、表門を八文字に開いてその月の訴訟を受け付けていた。

半兵衛は、岡《おか》っ引《ぴき》の本湊《ほんみなと》の半次《はんじ》と下《した》っ引《ぴき》の音次郎《おとじろう》を表門脇の腰掛《こしかけ》に待たせ、同心詰所《つめしょ》に向かった。

「半兵衛の旦那、大久保《おおくぼ》さまに見付からなきゃあ良いんですがね」

音次郎は心配した。

「うん……」

半次は苦笑した。

北町奉行所には、大勢の人たちが出入りしていた。

同心詰所では、定町廻《じょうまちまわ》りと臨時廻りの同心たちが見廻りに行く仕度をしていた。

「おはよう……」

半兵衛は、当番同心に顔を見せて詰所を出ようとした。

「あっ、半兵衛さん……」

当番同心は、半兵衛に声を掛けて来た。

「何だ……」

又《また》、吟味方与力《ぎんみかたよりき》の大久保忠左衛門《ちゅうざえもん》に面倒な事を命じられる……。

半兵衛は、思わず当番同心を睨《にら》み付けた。

「お、大久保さまではありませんよ……」

当番同心は、慌《あわ》てて告げた。

「えっ、大久保さまじゃあない……」

半兵衛は、戸惑いを浮かべた。

「ええ。違いますよ。大久保さまのお招きじゃありませんよ」

当番同心は苦笑した。

「じゃあ、何だい……」

「今朝、表門を開けたら、あったそうです」

当番同心は、一通の手紙を差し出した。

手紙は、『知らん顔の旦那さまへ』と上書きされていた。

「知らん顔の旦那さまへ……」

半兵衛は眉をひそめた。

「ええ。半兵衛さん宛ての手紙ですよ」

「そうか、造作を掛けたな」

半兵衛は、手紙を受け取って同心詰所を足早に後にした。

開店したばかりの蕎麦屋《そばや》には、鰹出汁《かつおだし》の匂いが漂っていた。

半兵衛は、半次や音次郎と店の奥の衝立《ついたて》の陰に落ち着き、盛り蕎麦を注文した。そして、懐《ふところ》から手紙を出した。

「手紙ですか……」

半次は眉をひそめた。

「うん。今朝、表門を開けたら置いてあったそうだ」

半兵衛は、封を切って手紙を読み始めた。

手紙は短かった。

「何て書いてあるんですか……」

半次は訊いた。

「うん……」

半兵衛は、手紙を半次に差し出した。

「御無礼致します」

半次は、手紙を受け取った。

音次郎は、隣から手紙を覗《のぞ》き込んだ。

「知らん顔の旦那さま。今夜、神田《かんだ》れんじゃく町の質屋《しちや》大こく屋に盗人《ぬすっと》が押し込みます。どうか、止めてやって下さい。おねがいします……」

半次は、声を出して手紙を読んだ。

「垂《た》れ込《こ》みじゃありませんか……」

音次郎は、素《す》っ頓狂《とんきょう》な声をあげた。

「旦那……」

半次は、緊張を過《よ》ぎらせた。

「ああ。今夜、神田連雀町《れんじゃくちょう》の質屋大黒屋《だいこくや》に盗人が押し込みます。どうか、止めてやって下さい。お願いします、だ。どうやら差出人は押し込む盗人一味の誰かと親しいようだ」

半兵衛は読んだ。

「で、神田連雀町の質屋の大黒屋ですか……」

「うん。文字は女文字、所々漢字ではなく仮名《かな》ってのは、町方の女の書いた手紙だね」

「へえ、町方の女ですか……」

音次郎は、半兵衛の睨みに感心した。

「ああ。で、知らん顔の旦那。どうやら私を知っているようだ……」

半兵衛は睨んだ。

「半兵衛の旦那を知っていて、盗人と拘《かか》わりのある町方の女ですか……」

半次は読んだ。

「うん。そして、盗人一味の誰かの為に押し込みを止めさせようとしている」

「盗人一味の誰かの為ですか……」

音次郎は眉をひそめた。

「盗人の中に親兄弟か知り合い、惚《ほ》れた男でもいるのかもな……」

半兵衛は、小さな笑みを浮かべた。

「惚れた男……」

音次郎は呟《つぶや》いた。

「ま。此《こ》の手紙から読み取れる事は、そんな処《ところ》かな……」

半兵衛は、垂れ込みの手紙を読み終えた。

「信じられますかね、此の手紙……」

半次は、半兵衛の出方を窺《うかが》った。

「信じないで悔《くや》むより、信じて無駄骨を折った方がいいさ。それが役目だ」

半兵衛は苦笑した。

「分かりました。で、垂れ込んだ町方の女に心当たりは……」

「さあて、いろいろあるけど、此《これ》と云《い》った心当たりはなあ……」

半兵衛は首を捻《ひね》った。

「そうですか。じゃあ、先《ま》ずは神田連雀町の質屋大黒屋ですか……」

半次は読んだ。

「そうだな……」

半兵衛は頷《うなず》いた。

「お待たせしました」

蕎麦屋の亭主が盛り蕎麦を持って来た。


半兵衛、半次、音次郎は、盛り蕎麦で腹拵《はらごしら》えをして神田連雀町に向かった。

神田連雀町は、神田八《や》ツ小路《こうじ》の傍《そば》にある。

半兵衛は、半次や音次郎と連雀町の木戸番《きどばん》を訪れた。

「質屋の大黒屋さんですか……」

木戸番は、半兵衛、半次、音次郎に茶を出しながら訊き返した。

「こいつはすまないね。で、何処《どこ》かな……」

半兵衛は尋ねた。

「大黒屋さんは、此の先の辻を曲がった処にありますが……」

木戸番は、此の先の辻を示した。

「で、大黒屋、繁盛しているのかな……」

半次は訊いた。

「そりゃあもう……」

木戸番は頷いた。

「身代《しんだい》、凄《すご》いんでしょうね……」

音次郎は羨《うらや》まし気に訊いた。

「噂《うわさ》じゃあ、金蔵には小判とお宝が溢れているそうですよ」

木戸番は笑った。

「へえ。そいつは凄いや……」

音次郎は感心した。

「大黒屋の旦那と家族、奉公人について知っている事を教えて貰《もら》おうか……」

半兵衛は、茶を飲みながら笑い掛けた。

「は、はい……」

木戸番は、緊張に喉《のど》を鳴らして頷いた。

質屋『大黒屋』の主《あるじ》一家は、旦那の仁左衛門《にざえもん》とお内儀《かみ》のおとせ、倅《せがれ》と娘の子供が二人に隠居の老母の五人だ。そして、奉公人は通いの番頭《ばんとう》と住み込みの二人の手代《てだい》、三人の女中と一人の下男《げなん》の七人がいた。

主の仁左衛門一家と奉公人は、合わせて十二人。その内、番頭が通いなので、連雀町の質屋『大黒堂』に住んでいるのは十一人。そして、奉公人たちは皆、身《み》許《もと》のはっきりしている者たちだった。

「気になる奉公人はいませんね」

「うん……」

半兵衛は頷いた。

「三人の女中の中に垂れ込みの女はいませんかね……」

音次郎は眉をひそめた。

「三人の女中ねえ……」

半兵衛は首を捻った。

三人の女中は、一人が三十歳代のおしげ、二人が二十歳代のおさよとおみちだった。

「如何《いかが》ですか……」

半次は、三人の女中の中に垂れ込みの手紙を寄越《よこ》した町方の女がいないか尋ねた。

「名前を聞いてもな。顔を見てみなければ何とも云えないな」

半兵衛は苦笑した。

質屋『大黒屋』は、板塀の木戸門に掛けた暖簾《のれん》を微風《そよかぜ》に揺らしていた。

半兵衛は、半次、音次郎と質屋『大黒屋』を窺った。

垂れ込みの手紙では、盗賊の押し込みは今夜だ。

それが本当なら、盗賊の一味の者が押し込み先の質屋『大黒屋』の様子を見張っている筈《はず》だ。

半兵衛、半次、音次郎は、質屋『大黒屋』の周囲に怪しい者を捜した。だが、見張っている者はいなかった。

「よし。半次と音次郎は怪しい者が現れないか、奉公人で不審な動きをする者がいないか、見張ってくれ」

半兵衛は命じた。

「承知しました」

半次と音次郎は頷いた。

「私は、今迄《いままで》に扱った事件に手紙を寄越した町方の女を捜してみるよ」

半兵衛は告げた。


垂れ込みの手紙を北町奉行所の門前に置いた町方の女は未《ま》だ若く、おそらく二十歳前後だ。

そして、半兵衛が〝知らぬ顔の旦那〟の異名を持っているのを知っているとなれば、十四、五歳の頃に拘わって二十歳前後になっているのかもしれない。ならば、此の五年余りの間に扱った事件に拘わりのある女だ。

半兵衛は睨み、此の五年間に扱った事件に拘わった者の中に該当する町方の女がいないか洗い出す事にした。

十五、六歳で事件に拘わった女は多くはない。寧《むし》ろ少ないと云える。
半兵衛は北町奉行所に戻り、此の五年の間に扱った事件を洗い始めた。


質屋『大黒屋』には、様々な客が出入りをしていた。

半次と音次郎は見張った。

主の仁左衛門は、店を番頭に任せ、手代の一人をお供にして出掛けた。下男は時々店の前を掃除し、女中たちはお使いに出掛けたりしていた。

質屋『大黒屋』に不審な様子は感じられない……。

半次と音次郎は見守った。

「変わった様子はありませんね……」

「ああ。やはり、奉公人に盗賊と拘わりのある者はいないな……」

半次は読んだ。

「ええ……」

半次と音次郎は見張りを続けた。

「音次郎……」

半次は、質屋『大黒屋』の斜向《はすむ》かいの路地を示した。

音次郎は、半次の視線の先を追った。

斜向かいの路地の入口に縞《しま》の半纏《はんてん》を着た男が佇《たたず》み、質屋『大黒屋』を窺ってい
た。

「怪しい野郎ですね……」

音次郎は眉をひそめた。

「うん……」

半次は頷いた。

縞の半纏を着た男は、腰から煙草《たばこ》入《い》れを外して斜向かいの路地を出た。

半次と音次郎は緊張した。

縞の半纏を着た男は、裏通りを小走りに横切って質屋『大黒屋』の暖簾を素早
く潜《くぐ》った。

「えっ……」

半次と音次郎は戸惑った。

縞の半纏の男は、質屋『大黒屋』に入った。

「客ですか……」

音次郎は、拍子《ひようし》抜《ぬ》けをした面持《おもも》ちになった。

「どうやらそうらしいな……」

半次は頷いた。

「煙草入れでも質入れに来たんですかね」

音次郎は読んだ。

僅《わず》かな刻が過ぎた。

縞の半纏を着た男が、質屋『大黒屋』から出て来た。その手は煙草入れを持っていなく、一朱銀を弄《もてあそ》んでいた。

「どうやら、音次郎の睨み通り、煙草入れを質入れに来たようだな」

半次は苦笑した。

縞の半纏を着た男は、質屋『大黒屋』に嘲《あざけ》りを含んだ一瞥《いちべつ》を投げ掛けた。

妙だ……。

半次の勘が囁《ささや》いた。

縞の半纏を着た男は、辺りを窺って足早に神田八ツ小路に向かった。

「音次郎……」

「はい……」

「ちょいと縞の半纏を追ってみな……」

半次は命じた。

「えっ。は、はい。合点《がってん》です」

音次郎は、戸惑いながらも頷き、縞の半纏を着た男を追った。

盗賊一味の者が、客を装《よそお》って質屋『大黒屋』の様子を探りに来たのかもしれない……。

半次は読んだ。

此処《ここ》五年間に扱った事件に拘わった十四、五歳の女は、三人いた。

五年前、浪人の父親を旗本の倅たちに斬られた娘のおかよ……。

三年前、盗みの疑いを掛けられた呉服屋に女中奉公していたおさと……。

四年前、悪い遊び仲間と美人局《つつもたせ》を働いたおこま……。

三人とも今は二十歳前後になっている筈であり、垂れ込みの手紙を書いた町方の若い女なのかもしれない。

盗賊の押し込みは、おそらく亥《い》の刻四つ（午後十時）以降だ。

それ迄《まで》に、垂れ込みの手紙を書いた町方の女を突き止められるかどうかは分からない。

だが、その町方の女を突き止めれば、盗賊一味を押し込む前に捕縛《ほばく》出来るのだ。

やるしかない……。

半兵衛は、おかよ、おさと、おこまを急いで調べる事にした。

縞の半纏を着た男は、神田八ツ小路から神田川沿いの柳原《やなぎわら》通りを進んだ。

音次郎は尾行《つけ》た。

柳原通りは、神田八ツ小路から神田川沿いに両国広小路《りょうごくひろこうじ》に続いている。

縞の半纏を着た男は、柳原通りを進んで神田川に架かっている和泉橋《いずみばし》の手前にある柳森稲荷《やなぎもりいなり》に入った。

柳森稲荷の鳥居の前には、七味唐辛子売り、古着屋、古道具屋などの露天商《ろてんしょう》が並び、奥に葦簀《よしず》掛《が》けの屋台の飲み屋があった。

縞の半纏を着た男は、屋台の飲み屋の葦簀の陰に入った。

音次郎は、柳森稲荷の鳥居の陰から葦簀掛けの屋台の飲み屋を窺った。

縞の半纏を着た男は、茶碗酒を手にして縁台《えんだい》に腰掛けている中年の浪人と職人風の若い男に近付いた。

よし……。

音次郎は、葦簀掛けの屋台の飲み屋に入った。

「いらっしゃい……」

老亭主が迎えた。

「酒をくれ……」

「酒しかねえ……」

老亭主は、湯呑茶碗に安酒を満たして音次郎に差し出した。

音次郎は金を払い、茶碗酒を手にして半纏を着た男たちのいる縁台の端に腰掛け、酒を飲み始めた。

「じゃあ藤吉《とうきち》、妙《みよう》な処はないのだな……」

中年の浪人は、茶碗酒を啜《すす》った。

「はい。いつもと同じ、別に変わりはありませんでしたぜ……」

藤吉と呼ばれた縞の半纏の男は頷き、茶碗酒を飲んだ。

「そうか……」

「で、村上《むらかみ》の旦那、後は……」

「引き続き、弥七《やしち》と交替で見張ってくれ……」

村上の旦那と呼ばれた浪人は、職人風の若い男を示した。

「藤吉の兄貴、宜《よろ》しくお願いします」

弥七と呼ばれた若い男は、緊張した面持ちで藤吉に会釈《えしゃく》をした。

「ああ。俺の云う通りに動くんだぜ」

藤吉は、厳しい面持ちで弥七に告げた。

「はい……」

弥七は頷いた。

「じゃあ、俺は北森下町《きたもりしたちょう》に行く。何か変わった事があったら報《しら》せてくれ。じゃあな……」

浪人の村上は、藤吉と弥七を残して葦簀掛けの中から出て行った。

どうする……。

音次郎は迷った。

だが、迷いは短かった。

音次郎は、葦簀掛けの飲み屋を出て柳原通りに急いだ。

柳森稲荷を出た音次郎は、柳原通りに浪人の村上を捜した。

浪人の村上は、両国広小路に向かっていた。

いた……。

音次郎は、両国広小路に向かっている浪人の村上を追った。

浪人の村上は、北森下町に行くと云っていた。

北森下町とは、深川《ふかがわ》五間堀《ごけんぼり》から六間堀界隈《ろつけんぼりかいわい》にある町だ。

浪人の村上はそこに行くのか……。

音次郎は尾行た。


日本橋川《にほんばしがわ》は緩《ゆる》やかに流れていた。

半兵衛は、日本橋川沿いの道を進んで東堀留川《ひがしほりどめがわ》に架《か》かっている思案橋《しあんばし》を渡り、小網町《こあみちよう》二丁目に入った。

五年前、浪人の父親を旗本の倅たちに斬り殺されたおかよは、当時十五歳で今は二十歳になっている筈だった。

おかよの父親は、悪行を働く旗本の倅たちを窘《たしな》め、恨《うら》みをかって闇討《やみう》ちされた。おかよは仇《かたき》を討とうと旗本の倅たちを尾行廻《つけまわ》した。

半兵衛は、おかよを戒《いまし》め、旗本の倅たちを切腹に追い込んで始末した。

以来、おかよとは逢っていない……。

半兵衛は、おかよが五年前に浪人の父親と暮らしていた小網町二丁目の裏長屋を訪れた。


「えっ。おかよちゃんですか……」

裏長屋の井戸端にいた中年のおかみさんは戸惑いを浮かべた。

「ああ。いるかな……」

半兵衛は尋ねた。

「旦那。おかよちゃんは、あれから亡くなっていた母上さま方のお祖父さんが迎えに来ましてね。相州《そうしゅう》小田原《おだわら》に行きました」

中年のおかみさんは告げた。

「母上方のお祖父さん……」

半兵衛は眉をひそめた。

「ええ、何でも小田原藩の御家来だそうでしてね。お祖父さん、おかよちゃんを見て、死んだ娘に瓜二《うりふた》つだと泣いていましてね。きっと幸せに暮らしていますよ」

中年のおかみさんは、自分の事のように嬉《うれ》しげに笑った。

「そうか。そりゃあ良かった……」

半兵衛は笑顔で頷いた。


おかよは、小田原藩家臣の子女として暮らしていた。

思わぬ事からおかよの消息《しょうそく》が知れた。

半兵衛は、父親を殺した旗本の倅たちを憎悪に満ちた眼で睨む痩《や》せ細った十五歳のおかよを思い出した。

良かった……。

半兵衛は、三年前に盗みの疑いを掛けられた女中奉公のおさとの許《もと》に急いだ。

二

大川《おおかわ》に架かっている両国橋には、多くの人が行き交っていた。

浪人の村上は、両国橋を渡って本所《ほんじょ》に出た。

音次郎は、慎重に尾行た。

浪人の村上は、本所竪川《たてかわ》に架かっている二《ふた》つ目之橋《めのはし》を渡り、そのまま南に進んだ。

南に進み、東の萬徳山弥勒寺《まんとくざんみろくじ》と西の対馬《つしま》藩江戸中屋敷の間を通ると五間堀に架かっている弥勒寺橋になり、渡ると北森下町だ。

浪人の村上は、弥勒寺橋に進んだ。

やはり、深川の北森下町だ……。

音次郎は追った。

神田連雀町の質屋『大黒屋』は、客が出入りしていた。

半次は、質屋『大黒屋』の並びの荒物屋《あらものや》の店先を借り、見張りを続けていた。

職人風の若い男が現れ、質屋『大黒屋』を一瞥して斜向かいの路地に入った。

半次は見守った。

若い男は、斜向かいの路地から質屋『大黒屋』を見張り始めた。

盗賊一味の者か……。

半次は眉をひそめた。

浅草《あさくさ》広小路は、金龍山浅草寺《きんりゆうざんせんそうじ》の参拝客《さんぱいきやく》や奥山《おくやま》に来た遊興客、本所に行き交う人々で賑《にぎ》わっていた。

浅草東仲町《ひがしなかちよう》は広小路の傍にあり、三年前に盗みの疑いを掛けられたおさとが女中奉公していた呉服屋『丸菱屋《まるひしや》』があった。

「邪魔するよ……」

半兵衛は、呉服屋『丸菱屋』を訪れた。


「此《これ》は白縫さま……」

番頭は、三年前の泥棒騒ぎの時に世話になった半兵衛を覚えていた。

「やあ。暫《しばら》くだね」

半兵衛は、框《かまち》に腰掛けた。

「いらっしゃいませ……」

番頭は、帳場を出て框に腰掛けた半兵衛に挨拶《あいさつ》をした。

「やあ。相変わらず繁盛していて何よりだ」

半兵衛は、客で賑わっている店内を見廻して笑った。

「お蔭さまで。で、今日は何か……」

番頭は、半兵衛に戸惑いの視線を向けた。

「うん。おさとは達者にしているかな」

半兵衛は尋ねた。

三年前に十六歳だったおさとは、今は十九歳になっている筈だ。

「おさとにございますか……」

「ああ。今、どうしているのかな……」

「おさとは、あれからお店に出入りしている大工大松《だいまつ》の棟梁《とうりょう》に気に入られましてね。倅の若棟梁の嫁に望まれ、今年の春、嫁に行きましたよ」

番頭は笑った。

「ほう。そいつは目出度《めでた》いな」

「はい。泥棒の濡れ衣《ぬれぎぬ》を着せられたのを、白縫さまにお助け頂いた上に良縁に恵まれて、運の良い娘にございます」

三年前、おさとは使いに出た帰り、小間物屋《こまものや》に寄って万引きの疑いを掛けられた。そして、おさとの持っていた風呂敷包みから盗まれた銀簪《ぎんかんざし》が出て来た。

おさとは、銀簪を盗んだ泥棒として北町奉行所に突き出された。

泥棒事件は、北町奉行所の半兵衛の扱いとなった。

おさとは、身に覚えがないと、必死に無実を主張した。

半兵衛は、その時に小間物屋にいた客や店の者を調べた。そして、小間物屋の手代が掛取《かけと》り金《きん》を使い込んでいるのが分かった。

手代は、使い込んだ掛取り金の帳尻《ちょうじり》を合わせる為、店の銀簪を盗んだ。しかし、気付かれそうになり、慌てておさとの風呂敷包みの中に押し込んだと半兵衛は見抜いた。そして、手代を銀簪を盗んだとしてお縄にし、おさとを濡れ衣を着せられたとして無罪放免にした。

おさとは、半兵衛に深々と頭を下げて呉服屋『丸菱屋』に帰った。

十六歳の小娘にしては、余り取り乱す事もなくしっかりしていた。

半兵衛は感心した。

大工『大松』の棟梁は、おそらくそうしたおさとのしっかりしている処が気に入り、倅の嫁に望んだのだ。

おさとも倅の若棟梁が気に入り、嫁入りを頷いた。

半兵衛は、おさとの幸せを喜んだ。

幸せに暮らしているおさとが、盗賊一味の者と拘わりがある筈はない。

残るは、四年前に悪い仲間と美人局を働いたおこまだ。

四年前、半兵衛は美人局の罪で十七歳のおこまと悪い仲間をお縄にした。

今、おこまは何をしているのか……。

半兵衛は、残るおこまの許に急いだ。


深川五間堀に架かっている弥勒寺橋を渡った処に茶店があり、弥勒寺の参拝客や墓参りの者が訪れていた。

音次郎は、浪人の村上が茶店に入るのを見届け、暫く見張った。

訪れる客は、墓参りの年寄りが多かった。

よし……。

音次郎は、茶店の見張りを解いて北森下町の木戸番に走った。


職人風の若い男は、斜向かいの路地から質屋『大黒屋』を見張っていた。

やはり、盗賊なのか……。

半次は、荒物屋の店先から職人風の若い男を窺った。

縞の半纏を着た男がやって来た。

野郎……。

半次は見守った。

縞の半纏を着た男は、路地にいる職人風の若い男の許に行った。

仲間だ……。

半次は、縞の半纏を着た男と職人風の若い男が仲間だと知った。

音次郎はどうした……。

半次は、縞の半纏の男を追った音次郎が現れないのが気になった。

縞の半纏の男と職人風の若い男は、何事か言葉を交わしながら質屋『大黒屋』を窺っていた。

盗賊に間違いない……。

半次は見定めた。


弥勒寺橋の袂《たもと》の茶店は、定吉《さだきち》とおもんと云う老夫婦が営《いとな》んでいた。

「定吉におもんって老夫婦ですか……」

音次郎は、茶店の主を知った。

「ああ……」

「さっき、村上って浪人が奥に入って行ったけど、あいつは何者ですか……」

音次郎は尋ねた。

「ああ。あの浪人の村上又四郎《またしろう》さんは、茶店の裏の家作《かさく》を借りて住んでいるんですよ」

木戸番は告げた。

「へえ、裏の家作を借りているんですか……」

「ああ……」

「生業《なりわい》は何ですか……」

「さあて、そこ迄は……」

木戸番は首を捻った。

「そうですか……」

茶店は、質屋『大黒屋』に押し込もうとしている盗賊一味の盗人宿《ぬすっとやど》かもしれない。

音次郎は読んだ。

入谷鬼子母神境内《いりやきしもじんけいだい》の大銀杏《おおいちょう》は、吹き抜ける風に葉音を鳴らしていた。

半兵衛は、鬼子母神近くの古い小さな家に向かった。

古い小さな家はおこまの実家であり、居職《いじょく》の錺職《かざり》の父親と母親が住んでいた。

半兵衛は、美人局をしていたおこまを悪い仲間から切り離し、両親の住む此の家に連れ戻した。

古い小さな家は静かだった。

半兵衛は、腰高《こしだか》障子を叩いた。

「はい……」

家から初老の女の返事がした。

「邪魔するよ」

半兵衛は、腰高障子を開けて土間に入った。

初老の女が、土間続きの板の間の囲炉裏《いろり》の傍で繕《つくろ》い物《もの》の手を止めていた。

おこまの母親だった。

「あっ、お役人さま……」

おこまの母親は、半兵衛を覚えていた。

「うん。北町奉行所の白縫半兵衛だ。達者だったかい、おっ母さん……」

「はい。白縫さま……」

母親は微笑《ほほえ》んだ。

「そいつは何より。で、お父っつあんは……」

半兵衛は、板の間の奥の作業場を覗いた。

奥の作業場には、鎊職の台と様々な道具が綺麗に並べられていた。

「亭主は去年、卒中《そっちゅう》で……」

母親は、哀し気な笑みを浮かべた。

「亡くなったのか……」

「はい……」

「そうか。そいつは大変だったな」

半兵衛は、悔《くや》みを述べた。

「はい。でも、おこまがいてくれましたから。それもこれも白縫さまが、おこまを連れ戻して下さったお陰にございます」

母親は、半兵衛に深々と頭を下げた。

「古い話だ。それでおっ母さん、おこまは……」

半兵衛は尋ねた。

「おこまは、今は住み込みの女中奉公に出ておりまして……」

「そうか。住み込みの女中奉公に出ているのか……」

おこまは、真っ当に働いていた。

半兵衛は、微《かす》かな安堵《あんど》を覚えた。

「はい……」

「で、奉公先は何処かな……」

「白縫さま、おこまが又《また》何か……」

母親は、不安を滲《にじ》ませた。

「いや。違う。ちょいと訊きたい事があるだけだ」

半兵衛は、母親の不安を打ち消すように笑って見せた。

「そうなんですか……」

「うん。で、おこまの奉公先は何処だい……」

半兵衛は、笑顔で尋ねた。


未《ひつじ》の刻八つ（午後二時）の鐘が鳴り響いた。

縞の半纏の男と職人風の若い男は、交替で質屋『大黒屋』を見張った。

半次は、荒物屋の店先から見守った。

「親分……」

音次郎が戻って来た。

「おお、戻ったか……」

半次は、安堵を浮かべた。

「どうかしましたか……」

音次郎は、半次の安堵の面持ちに戸惑いを浮かべた。

「いや。縞の半纏の野郎が戻ったのに、お前が戻らないので、どうしたのかと思ってな」

半次は苦笑した。

「そいつは御心配を掛けました。縞の半纏の野郎の名は藤吉……」

「藤吉か……」

「ええ。藤吉の野郎、柳森稲荷の葦簀掛けの飲み屋で村上又四郎って浪人とあの弥七って若い野郎と落ち合いましてね……」

「村上又四郎と弥七か……」

半次は、藤吉と一緒にいる職人風の若い男を一瞥した。

「で、あっしは村上又四郎を尾行《つけ》たんですぜ」

音次郎は告げた。

「そいつは御苦労だったな」

「いえ。それで、浪人の村上又四郎、深川は弥勒寺橋の袂の茶店に行きましてね」

音次郎は報せた。

「弥勒寺橋の袂の茶店……」

半次は眉をひそめた。

「ええ。北森下町の木戸番にそれとなく探りを入れたら、定吉とおもんって老夫婦が営んでいましてね。村上は裏の家作を借りているとか……」

「茶店、ひょっとしたら盗人宿かもな……」

「はい……」

音次郎は頷いた。

「藤吉と弥七、浪人の村上又四郎に茶店の老夫婦か……」

「ええ……」

「よし。音次郎、おそらく盗賊の頭《かしら》は、弥勒寺橋の袂の茶店に現れる筈だ。お前は茶店に戻って見張ってくれ」

半次は命じた。

「合点です。じゃあ……」

音次郎は頷き、深川北森下町に急いだ。

半次は、藤吉と弥七を見張り続けた。


下谷《したや》広小路は、東叡山寛永寺《とうえいざんかんえいじ》や不忍池《しのばずのいけ》の弁財天《べんざいてん》の参拝客で賑わっていた。

半兵衛は、広小路傍の上野《うえの》新黒門町《しんくろもんちょう》にある薬種問屋『秀鵬堂《しゅうほうどう》』を訪れた。

薬種問屋『秀鵬堂』の店内には、薬草の匂いが漂っていた。

「此は、お役人さま……」

老番頭は、戸惑った面持ちで帳場から出て来て半兵衛を迎えた。

「やあ。私は北町奉行所の白縫半兵衛だ」

「北の御番所の白縫半兵衛さま。手前は番頭の彦六《ひころく》にございます」

老番頭は名乗った。

「そうか。彦六か……」

「はい。で、白縫さま、秀鵬堂に何か……」

彦六は、半兵衛に怪訝《けげん》な眼を向けた。

「うん。私は此処に奉公しているおこまの知り合いでな。久し振りにちょいと逢いたいのだが、呼んで貰えぬかな……」

半兵衛は笑い掛けた。

「女中のおこまにございますか……」

彦六は、微かな緊張を滲ませた。

「うん……」

「白縫さま、ちょいと此方《こちら》にお上がり下さい」

彦六は、半兵衛を店の座敷に招いた。

「う、うん……」

半兵衛は、戸惑いを覚えた。


「どうぞ……」

彦六は、半兵衛に茶を差し出した。

「忝《かたじけな》い。して、彦六。おこま、どうかしたのかな……」

「実は白縫さま、おこまは昨夜遅くに出掛けたまま、戻らないのでございます」

彦六は、心配そうに告げた。

「何……」

半兵衛は眉をひそめた。

垂れ込みの手紙を置いたのはおこまだ……。

半兵衛は確信した。

「白縫さま、おこまは何か良からぬ事に……」

「彦六、そいつは違う」

「違う……」

「うむ。おこまは私に手紙をくれてな……」

「白縫さまに手紙を……」

彦六は、半兵衛に怪訝な眼を向けた。

「うむ。手紙に書かれている事を詳しく申せぬが、おこまは今、知り合いの誰かが悪事に加担しようとしているのを、何とか止めようとしているのだ」

半兵衛は、己《おのれ》の読みを告げた。

「そうなのですか……」

「うむ。お上に褒《ほ》められはしても、咎《とが》められる事はしていない筈だ。そいつは私が折り紙を付ける。安心するのだな」

半兵衛は云い聞かせた。

「そうですか……」

彦六は、安堵を浮かべた。

「それで彦六。おこま、日頃はどんな様子なのかな……」

「白縫さま、それはもう、労を惜しまず裏表なく真面目な働き振りにございまして、旦那さまとお内儀さま、奉公人仲間にも信用され、頼りにされております」

彦六は、おこまの仕事振りに眼を細めた。

「そうか。して、おこま、近頃、付き合っている男はいなかったかな……」

半兵衛は尋ねた。

「付き合っている男ですか……」

彦六は、白髪眉《しらがまゆ》をひそめた。

「うん。知らないかな……」

「それなら、おこまと仲の良い、朋輩《ほうばい》のおとしを呼んで参ります……」

彦六は、座敷から出て行った。

「そうか。造作を掛けるな……」

半兵衛は茶を啜った。

茶は既に冷たくなっていた。

僅かな刻が過ぎ、彦六が若い女中のおとしを伴って来た。

「白縫さま、おこまの朋輩のおとしにございます」

「おとしにございます」

二十歳前後のおとしは、不安げな面持ちで半兵衛に挨拶をした。

「忙しい時に造作を掛けるね」

「いいえ……」

「おとし、知っている事があれば教えて貰いたい。おこまに付き合っている男はいなかったかな」

「は、はい……」

おとしは迷い躊躇《ためら》った。

「いるんだね……」

半兵衛は読んだ。

「あの、白縫さまは、知らん顔の半兵衛さんですか……」

おとしは、いきなり尋ねた。

「う、うん。そう呼ばれる事もあるが……」

半兵衛は苦笑した。

「そうですか。知らん顔の旦那さんですか……」

おとしは、小さな笑みを浮かべた。

「うむ。おこまに聞いたのかな……」

半兵衛は読んだ。

「はい。白縫さま、おこまちゃん、昨夜、お内儀さまのお許しを貰って出掛けました」

「何処に……」

「お内儀さまには入谷のおっ母さんの処だと云いましたが、本当は付き合っている男の人の処に行ったのです」

「そいつは誰かな……」

「大工の政吉《せいきち》さんです」

「大工の政吉……」

「はい……」

おとしは頷いた。

「大工の政吉、家は何処かな……」

「はい。妻恋町《つまごいちょう》の紅梅《こうばい》長屋です……」

おとしは告げた。

「妻恋町の紅梅長屋に住んでいる大工の政吉だね」

「はい……」

「分かった。礼を云うよ、彦六、おとし……」

半兵衛は、彦六とおとしに頭を下げた。

「いいえ……」

「それから、くれぐれも云って置くが、おこまは今、誰かを助けようとしているんだ。そいつを忘れないでくれ」

半兵衛は念を押した。

「は、はい……」

彦六とおとしは頷いた。

「じゃあ、造作を掛けたね……」

半兵衛は、薬種問屋『秀鵬堂』を後にして妻恋町に急いだ。

三

深川弥勒寺橋の袂の茶店は、暖簾を微風に揺らしていた。
音次郎は、五間堀を挟んだ萬徳山弥勒寺の山門の陰から見張った。
茶店では、定吉とおもんの老夫婦が訪れる客の相手や掃除などをしていた。
定吉とおもんに妙な動きはない……。
音次郎は見張り続けた。
弥勒寺が申《さる》の刻七つ（午後四時）の鐘の音を響かせた。
浪人の村上又四郎が茶店から現れ、五間堀の西を眺《なが》めた。
五間堀の西には、本所竪川と深川小名木川《おなぎがわ》を結ぶ六間堀が流れている。
五間堀を来る船はない……。
村上は、茶店の縁台に腰掛けて五間堀を眺めた。
誰かが来るのを待っているのか……。
音次郎は読んだ。
浪人の村上又四郎は、申の刻七つ過ぎに五間堀を船で来る誰かを待っているのだ。

そいつは誰なのか……。

音次郎は、五間堀の先を眺めた。

質屋『大黒屋』には客が出入りし、格別に変わった事はない。

藤吉と弥七は、斜向かいの路地から見張り続けていた。

半次は見守った。

主の仁左衛門は、お供の手代を連れて既に帰って来ている。

今の質屋『大黒屋』には、主夫婦と二人の子供に隠居、番頭に二人の手代、三人の女中と下男の十二人がいる。

盗賊共は、どんな手口で質屋『大黒屋』に押し込むつもりなのか……。

半次は、藤吉と弥七を見守った。


明神下《みょうじんした》の通りは、神田川に架かっている昌平橋《しょうへいばし》と不忍池を結んでいる。

半兵衛は、明神下の通りから妻恋坂を上がった。

妻恋坂を上がった処に妻恋稲荷があり、妻恋町があった。

妻恋町に大工の政吉の住む紅梅長屋があり、おこまがいる筈なのだ。

半兵衛は、妻恋坂を足早に上がった。

「紅梅長屋ですか……」

妻恋町の老木戸番は訊き返した。

「ああ。知っているか……」

半兵衛は尋ねた。

「はい。紅梅長屋は裏通りにありますが……」

老木戸番は、紅梅長屋を知っていた。

「じゃあ、そこに大工の政吉ってのが暮らしている筈なんだが……」

「旦那、政吉が何かしたんですか……」

「政吉を知っているのか……」

「え、ええ。頼めば、木戸番屋の修繕や棚の取り付けなんか、気軽にやってくれる気の良い大工ですが……」

老木戸番は、半兵衛に怪訝な眼を向けた。

「ほう。そんな奴なのか……」

半兵衛は、大工政吉の人柄の欠片《かけら》を知った。

「はい。旦那、政吉が何かしたんですか……」

老木戸番は不安を過《よ》ぎらせた。

「いや。未《ま》だ何をしたって訳じゃあない」

「そうですか……」

老木戸番は眉をひそめた。

「何か気になる事でもあるのか……」

半兵衛は、老木戸番の表情を読んだ。

「は、はい。政吉の弟ってのが、博奕《ばくち》に現《うつつ》を抜かしていましてね」

老木戸番は、腹立たし気に告げた。

「弟……」

半兵衛は眉をひそめた。

「はい……」

「そうか。ま、とにかく政吉の住む紅梅長屋に案内してくれ……」

半兵衛は命じた。

「紅梅長屋は此処《ここ》です」

老木戸番は、裏通りの古い長屋を指差した。

半兵衛は、古い長屋を眺めた。

古い長屋の木戸には、古い梅の木があった。

梅の木はおそらく紅梅であり、古い長屋の通称の謂《いわ》れなのだろう。

「うん。で、大工の政吉の家は何処かな……」

半兵衛は、老木戸番に尋ねた。

「はい。此方です……」

老木戸番は、紅梅長屋の木戸を潜った。


大工の政吉の家は、紅梅長屋の奥にあった。

「政吉さん、いるかい……」

老木戸番は、腰高障子を叩いた。

政吉の家から返事はなかった。

「旦那……」

老木戸番は、半兵衛の指図を仰《あお》いだ。

「うん……」

半兵衛は、腰高障子を開けて狭い土間に踏み込んだ。

狭い家の中は薄暗く、人の気配はなかった。

半兵衛は、家の中を見廻した。

壁際に畳まれた蒲団や行李《こうり》が置かれ、火鉢と行燈《あんどん》などがあり、台所には鍋釜《なべかま》などがあった。

「留守か……」

「大工道具はありますね」

老木戸番は、隅に置かれた大工道具を示した。

「って事は、仕事に出掛けた訳じゃあないか」

半兵衛は読んだ。

「ええ、そうですね……」

老木戸番は眉をひそめた。

紅梅長屋の大工政吉の家には、政吉もおこまもいなかった。

おこまは何処にいるのか……。

大工政吉と一緒なのか……。

おこまは、政吉が質屋『大黒屋』の押し込み一味に加わろうとしているのを食い止めようと、半兵衛宛の手紙を北町奉行所の門前に置いた……。

半兵衛は、手紙を置いた町方の若い女をおこまだと見定めた。

だが、おこまを追う手掛かりは途切れた。

「処《ところ》で博奕に現を抜かしている政吉の弟ってのは、何て名前だい……」

「弥七って名前の奴でしてね」

「弥七か……」

「はい。何をやっても長続きしなく、あっちこっちの賭場《とば》に借金を作っているって、政吉さん、嘆《なげ》いていましたよ」

「弥七、半端な博奕打ちか……」

半兵衛は眉をひそめた。

「ええ……」

「弥七が何処にいるかは分からないね」

「はい。そこ迄は……」

「うん……」

大工の政吉は、弟の弥七の賭場の借金を返す為に盗賊の押し込みに加わったのかもしれない。

おこまは驚き、何とか押し込みを止めさせようと、半兵衛に垂れ込みの手紙を書いた。

半兵衛は、事態を読んだ。

何《いず》れにしろ此処迄《ここまで》だ……。

半兵衛は、神田連雀町の質屋『大黒屋』に行く事にした。


屋根船が六間堀から五間堀に入って来た。

弥勒寺橋の袂の茶店にいた浪人の村上又四郎は、腰掛けていた縁台から立ち上がって五間堀を眺めた。

音次郎は窺った。

屋根船には、旅姿の初老の男と中年男が乗っていた。

村上は、弥勒寺橋の下の船着場に下りた。

屋根船は、ゆっくりと船着場に船縁《ふなべり》を寄せた。

旅姿の初老の男と中年の男は、屋根船から船着場に下りた。

村上は迎え、初老の男たちを茶店に誘《いざな》った。

盗賊の頭か……。

音次郎は緊張した。

旅姿の初老の男と中年男は、村上と一緒に茶店に入って行った。

屋根船の船頭は、辺りを鋭い眼差しで見廻して続いた。

盗賊の一味だ……。

音次郎は、弥勒寺の山門の陰から見定めた。

茶店の定吉とおもんの老夫婦は、おそらく盗人宿の留守番だ。

盗賊は、浪人の村上又四郎をはじめ旅姿の初老の男と中年男、船頭の四人。そして、質屋『大黒屋』を見張っている藤吉と弥七。

今の処、押し込みを働く盗賊は六人……。

音次郎は読んだ。


神田連雀町の質屋『大黒屋』は、西日に照らされていた。

半次は、斜向かいの路地に潜む藤吉と弥七を見張り続けていた。

藤吉と弥七は、質屋『大黒屋』の者たちの動きを見張り、押し込みに気が付いていないのを見定めているのだ。

半次は、藤吉と弥七が質屋『大黒屋』を見張る狙いを読んだ。

「半次……」

半兵衛が現れた。

「こりゃあ、旦那……」

半次は迎えた。

「どうだ……」

半兵衛は、質屋『大黒屋』とその周囲を見廻し、路地にいる藤吉と弥七に気が付いた。

「盗賊の見張りか……」

「はい。大黒屋が押し込みに気が付いていないのを見定めているようです」

「そうか。して、音次郎は……」

「それが、盗賊の一味の浪人を尾行て深川弥勒寺橋の袂の茶店が盗人宿だと突き止め、見張っています」

「ほう。弥勒寺橋の袂の茶店か……」

「はい。何かあれば、直《す》ぐに報せが来る手筈《てはず》です。で、垂れ込みをした町方の若い女が誰か分かりましたか……」

半次は訊いた。

「うん。四年前、美人局に拘《かか》わっていたおこまだったよ」

「ああ、あのおこまですか……」

半次は、おこまを覚えていた。

「今は上野新黒門町の薬種問屋秀鵬堂に住み込み奉公をしていてな。真面目に働いていたよ」

「それがどうして垂れ込みの手紙を……」

半次は首を捻った。

「どうやら、惚れた男の為だ……」

半兵衛は苦笑した。

「惚れた男ですか……」

「うむ。惚れた男の弟が博奕で面倒な借金を作ってな……」

「じゃあ、惚れた男が弟の借金の為に、盗賊の押し込みに加わるのを止めさせたい一心で垂れ込みを……」

「ああ……」

「あのおこまが惚れた男、どう云う奴なんですか……」

「妻恋町に住んでいる政吉って大工でな、半端な博奕打ちの弟は弥七って奴だ」

半兵衛は告げた。

「弥七……」

半次は驚いた。

「ああ。知っているのか……」

半兵衛は眉をひそめた。

「旦那、大黒屋を見張っている二人は藤吉と弥七。あの職人風の若い野郎が弥七ですぜ」

半次は告げた。

「何……」

半兵衛は、斜向かいの路地にいる若い男を見詰めた。

「奴が弥七……」

半兵衛は呟いた。

「ええ……」

半次は頷いた。

「そうか、弥七か……」

「どうします……」

「半次、他におこまと大工の政吉らしい男はいないか……」

半兵衛は、政吉とおこまが弥七を盗賊にしない為に動いていると思った。

「ええ。いませんが……」

半次は、戸惑いを浮かべて辺りを見廻した。

「そうか……」

半兵衛は、斜向かいの路地にいる藤吉と弥七を窺った。

藤吉は、弥七に何事かを告げた。

弥七は頷き、路地を出た。

「旦那、追います……」

半次は、路地から出て行く弥七を追い掛けようとした。

「いや。私が追うよ」

半兵衛は、巻羽織《まきばおり》を脱いで弥七を追った。


柳原通りの柳並木は、風に緑の枝葉を揺らしていた。

神田連雀町を出た弥七は、柳原通りを両国広小路に足早に向かった。

半兵衛は追った。

両国広小路から深川弥勒寺橋の袂の茶店に行くのか……。

半兵衛は読んだ。

弥七の身柄を押さえるか……。

それとも、此のまま泳がせるか……。

身柄を押さえれば、おこまが半兵衛に垂れ込みの手紙を書いた願いは叶《かな》う。だが、盗賊一味が弥七が消えた事に不審を抱き、逸早《いちはや》く逃走する可能性があるのだ。

おこまの願いを叶えるのを優先するか、盗賊一味を一網打尽《いちもうだじん》にするのを選ぶかだ。

どうする……。

半兵衛は迷った。

夕暮れ時が近付いた。

大川に架かっている両国橋は、多くの人が一日の終わりに向かって忙しく行き交っていた。

弥七は、両国橋を足早に渡った。

半兵衛は追った。

弥七を泳がせ、盗賊一味を一網打尽にする。

半兵衛は決めた。


深川弥勒寺橋の下の船着場には、繋《つな》がれた屋根船が揺れていた。

弥七は、本所竪川を渡って深川弥勒寺に進んだ。そして、弥勒寺傍の五間堀に架かっている弥勒寺橋を渡った。

弥七だ……。

音次郎は、弥七に気が付いた。

弥七は、弥勒寺橋の袂の茶店に入った。

音次郎は見定めた。

「あの茶店が盗人宿か……」

弥勒寺の山門に半兵衛が現れた。

「半兵衛の旦那……」

「御苦労だな……」

「いいえ。旦那、弥七を追って……」

音次郎は読んだ。

「うん。で、茶店に変わった事は……」

「七つ過ぎに旅姿の初老の男と中年男が屋根船で来ました」

「旅姿の初老の男と中年男か……」

「はい。浪人の村上又四郎が迎えに出ていましたので、おそらく盗賊の頭かも……」

「そうか……」

「で、旦那、垂れ込みの手紙を置いた町方の若い女、誰か分かったんですか……」

音次郎は尋ねた。

「ああ。四年前に美人局の一件に拘わっていたおこまだ……」

「ああ、あのおこまですか……」

音次郎は、おこまを覚えていた。

「うん」

「それにしても、あのおこまがどうして……」

音次郎は戸惑いを浮かべた。

「そいつなんだがな、今、茶店に入って行った弥七が拘わっていてな……」

「弥七が……」

音次郎は眉をひそめた。

「うん……」

半兵衛は、事の次第を教えた。

「へえ、あのおこまがね……」

音次郎は、おこまが惚れた大工の政吉の為に弥七が盗賊に加わって押し込みを働くのを食い止めようとしているのを知った。

「ああ。で、茶店の周囲におこまと政吉らしい者たちはいないか……」

「はい。おこまは見掛けませんし、茶店を見張っているのは、あっしだけです」

音次郎は告げた。

「そうか。して、茶店には主の老夫婦の他に屋根船で来た旅姿の初老の男と中年男、それに浪人の村上又四郎に弥七がいるのか……」

「いえ。もう一人、屋根船の船頭がいます」

「ならば、老夫婦を除いて五人か……」

「はい。それに大黒屋を見張っている藤吉の六人ですか……」

「うん。その辺りが盗賊の人数かな」

半兵衛は読んだ。

「はい……」

音次郎は頷いた。

「よし。奴らが動くのは、おそらく夜だ。それ迄に手配りをするか……」

半兵衛は、小さな笑みを浮かべた。

四

日は暮れた。

神田連雀町の質屋『大黒屋』は、暖簾を仕舞って木戸門を閉めた。

盗賊の藤吉は、斜向かいの路地から見張りを続けていた。

質屋『大黒屋』は、変わった事や不審な事もなく店を閉めた。

半刻（一時間）後、番頭の宗八《そうはち》は、主の仁左衛門と帳簿付けを終え、質屋『大黒屋』を出て三河町《みかわちょう》の自宅に帰った。

藤吉は見送った。

押し込みに気が付いて町奉行所に報せたり、用心棒を雇って警戒をしている気配はない。

藤吉は、笑みを浮かべた。

半次は、荒物屋の陰から藤吉を見守った。

「変わりはないか……」

半兵衛が戻って来た。

「ええ。で、弥勒寺橋の茶店は如何でした」

半次は尋ねた。

「うん。屋根船で旅姿の初老の男と中年男、船頭。それに浪人の村上又四郎と弥七の五人が集まっているよ」

「それに藤吉を入れて六人ですか……」

半次は、路地にいる藤吉を見据えた。

「ああ。夜、大黒屋にいるのは十一人。その内、女は六人、男は主の仁左衛門を入れて五人。五人の内、二人は子供と年寄り。六人でも押し込みには充分だろう」

半兵衛は読んだ。

「ええ……」

半次は頷いた。

「して、おこまと大工の政吉らしい奴は現れないか……」

「今の処は未だ……」

「そうか……」

「ですが、押し込みを止めさせるには、盗賊共の押し込みの時、騒ぎ立てるのが一番です。きっと現れますよ」

半次は笑った。

「うむ……」

半兵衛は頷いた。

戌《いぬ》の刻五つ（午後八時）。

弥勒寺の鐘が鳴り響いた。

音次郎は、弥勒寺橋の袂の茶店を見詰めた。

雨戸を閉めた茶店から男が現れ、弥勒寺橋の船着場に下りた。

船頭だ……。

音次郎は見守った。

浪人の村上又四郎が続いて現れ、初老の男と中年男、弥七が出て来た。

村上、初老の男、中年男、弥七は、船頭の待つ屋根船に乗り込んだ。

初老の男と中年男、村上は障子の内に入り、弥七が屋根船の舫《もや》い綱《づな》を解《ほど》いた。

船頭は、屋根船を巧みに操《あやつ》って六間堀に向けて進めた。

行き先が神田連雀町の質屋『大黒屋』ならば、一番近い船着場は神田川に架かっている昌平橋の船着場だ。

よし……。

音次郎は、屋根船が五間堀から六間堀に出るのを見届けて猛然と走り出した。


神田連雀町の質屋『大黒屋』は、主の仁左衛門が出掛ける事もなく夜の静けさに沈んでいった。

半兵衛と半次は、斜向かいの路地に潜んでいる藤吉を窺っていた。

藤吉は、緊張した面持ちで質屋『大黒屋』を窺い続けた。

押し込む直前迄、質屋『大黒屋』を警戒する役人や用心棒が現れるかどうか見定めるのが役目なのだ。

半兵衛と半次は、藤吉の役目を読んで苦笑した。

神田川の流れに月影が揺れた。

屋根船が船行燈を揺らし、両国の方からやって来た。そして、昌平橋の下の船着場に船縁を寄せた。

「弥七……」

船頭は弥七を促《うなが》した。

「はい……」

屋根船の舳先《へさき》にいた弥七が頷き、船着場に下りて神田八ツ小路に上がった。そして、暗い八ツ小路を神田連雀町に走った。

船頭は、厳しい面持ちで見送った。

「どうだ……」

屋根船の障子の内から浪人の村上が現れた。

「今、行ったが、大丈夫か、彼奴《あいつ》……」

船頭は眉をひそめた。

「奪った金を運べば役目は終わり、口を封じる迄だ」

村上は、嘲りを浮かべた。

質屋『大黒屋』は寝静まった。

藤吉は見張った。

どうやら、役人も用心棒も現れない……。

藤吉は見定めた。

「藤吉の兄貴……」

弥七が、暗がりから駆け寄って来た。

「おう……」

藤吉は迎えた。

「お頭たちが昌平橋の船着場に……」

「着いたか……」

「はい……」

「よし、大黒屋を見張っていろ。俺はお頭に大黒屋の様子を報せる」

「はい……」

弥七は頷いた。

藤吉は、弥七を残して八ツ小路に走った。

弥七は見送り、質屋『大黒屋』を見張り始めた。


「旦那、弥七ですぜ……」

半次は、弥七が来て藤吉と見張りを交替したのを見届けた。

「うん……」

半兵衛は頷いた。

「旦那、親分……」

音次郎がやって来た。

「おう、御苦労……」

半兵衛と半次は、音次郎を迎えた。

「盗賊一味が屋根船で昌平橋の船着場に来ましたぜ」

音次郎は報せた。

「人数は……」

半兵衛は尋ねた。

「睨みの通り、弥七を入れて五人です」

音次郎は告げた。

「じゃあ、藤吉で六人だな」

半次は読んだ。

「はい……」

音次郎は頷いた。

「さあて、どうしますか……」

半次は、半兵衛の出方を窺った。

「うん。藤吉が頭たちを連れて来る手筈だろう。その前に弥七を押さえるか……」

半兵衛は小さく笑った。


弥七は、路地に潜んで斜向かいの質屋『大黒屋』を見張った。

質屋『大黒屋』は、夜の静けさに覆《おお》われて眠りに就《つ》いている。

弥七は、初めての押し込みに緊張して喉を鳴らし、僅かに震えた。

押し込みは死罪になる事もある……。

兄の政吉は、盗賊に加わるのを止めろと云った。だが、盗賊に加わらなければ、賭場で作った借金が返せずに簀巻《すま》きにされて殺されるのだ。

一か八かだ……。

押し込みが上手く行き、捕まらなければ良いのだ。

弥七は、兄の政吉が質屋『大黒屋』の普請《ふしん》に加わった際に持っていた金蔵の場所を描いた図面を土産《みやげ》に、盗賊夜烏《よがらす》の喜平《きへい》一味の端に連《つら》なった。

兄の政吉は、盗賊一味から早々に抜けろと必死に云って来た。政吉と云い交わした仲のおこまは、知り合いの北町奉行所の同心を引き合わせるから助けて貰えと勧めた。

しかし、弥七は兄の政吉とおこまの言葉を無視した。

そして、押し込みの時が来た。

弥七は、質屋『大黒屋』の押し込みで奪った金の分け前を貰い、賭場の借金を返すつもりだ。

弥七は、微かに武者震いをした。

刹那《せつな》、弥七は背後に人の気配を感じて振り返った。

眼の前に半兵衛が迫り、弥七の鳩尾《みぞおち》に拳《こぶし》を叩き込んだ。

弥七は眼を瞠《みは》り、意識を失って崩れ落ちた。

音次郎が現れ、気を失った弥七を背負って路地の奥に駆け去った。

半次が、弥七に代わって見張り場所に就いた。

神田連雀町の質屋『大黒屋』の周囲には静寂が漂い続けた。


亥の刻四つ（午後十時）の鐘は、神田川の昌平橋の船着場に繋がれている屋根船に響き渡っていた。

「お頭……」

浪人の村上又四郎は、初老の男、盗賊の頭夜烏の喜平に声を掛けた。

「亥の刻四つか。藤吉、大黒屋に警戒する気配はないのだな」

喜平は、藤吉に念を押した。

「はい。御心配なく……」

藤吉は頷いた。

「よし。庄助《しょうすけ》、金蔵の錠前破《じょうまえやぶ》りの仕度は良いか……」

喜平は、中年男に訊いた。

「はい。お任せを……」

れた。

庄助と呼ばれた中年男は、手入れをしていた錠前破りの道具を仕舞い、懐に入れた。

「よし、じゃあ藤吉、村上さん……」

「はい。行くぞ、千造《せんぞう》……」

藤吉は、船頭の千造に声を掛けて障子の内から出て屋根船を下りた。

浪人の村上又四郎、盗賊の頭の夜烏の喜平、錠前師の庄助、船頭の千造が続いた。

盗賊夜烏の喜平一味は、昌平橋の船着場から神田八ツ小路に上がり、神田連雀町に走った。

船着場に繋がれた屋根船は、神田川の流れに小さく揺れた。

半兵衛、半次、音次郎は、荒物屋の暗がりから見守った。

藤吉を先頭にした盗賊夜烏の喜平一味は、八ツ小路から現れ、質屋『大黒屋』の木戸門に集まった。

頭の夜烏の喜平は、辺りの暗がりを窺った。

「藤吉……」

喜平は、辺りに不審はないと見定めて藤吉を促した。

「はい……」

藤吉が問外《といかき》を出し、木戸門の猿《さる》を外した。

村上が木戸門を開けた。

木戸門が僅かに軋《きし》みを鳴らした。

藤吉と村上が木戸門を入り、喜平、庄助、千造が続こうとした。

「旦那……」

半次は囁き、音次郎は呼《よ》び子笛《こぶえ》を握り締めた。

「うん……」

半兵衛は頷いた。

次の瞬間、夜空に若い女と男の叫び声が響き渡った。

「盗賊です。押し込みです……」

「盗賊が質屋の大黒屋に押し込むぞ。盗賊だ。誰か町奉行所に報せてくれ……」

若い男と女は、質屋『大黒屋』の向かい側の蕎麦屋の二階の座敷の窓から叫んでいた。

「旦那……」

半次は、蕎麦屋の二階の座敷で叫び、騒ぎ立てる若い男と女に気が付いた。

「ああ。おこまとおそらく大工の政吉だ……」

半兵衛は苦笑した。

盗賊の夜鳥の喜平、村上、藤吉、錠前師の庄助、船頭の千造は狼狽《うろた》えた。

「半次、音次郎……」

半兵衛は、半次と音次郎を促した。

半次と音次郎は、呼び子笛を吹き鳴らした。

呼び子笛の甲高《かんだか》い音が響き渡った。

質屋『大黒屋』の周囲の暗がりに北町奉行所の高張提灯《たかはりぢょうちん》が次々に掲《かか》げられ、同心に率いられた捕り方たちが現れた。

盗賊夜鳥一味は驚き、焦《あせ》った。

「手筈通りですね」

半次は笑った。

半兵衛は、日暮れ過ぎに同心や捕り方たちを近くの旗本屋敷に潜ませていたのだ。

「うん。行くよ……」

半兵衛は、長さ二尺の八角棒身《はつかくぼうじん》の捕物出役《とりものしゆつやく》用の長十手《ながじつて》を握り、盗賊夜烏の喜平一味に向かって走った。

半次と音次郎は続いた。

おこまと政吉は、直ぐに現れた同心や捕り方たちに驚き、戸惑った。

弥七が逃げる前に捕らえられる……。

政吉とおこまは焦った。

「政吉さん……」

おこまは、政吉を窺った。

「や、弥七……」

政吉は声を引《ひ》き攣《つ》らせ、蕎麦屋の二階の座敷を駆け下りた。

「政吉さん……」

おこまは、慌てて追った。

盗賊夜烏の喜平、浪人の村上又四郎、藤吉、錠前師の庄助、船頭の千造は、同心と捕り方たちに囲まれていた。

「お前が盗賊の頭かい……」

半兵衛は、喜平に笑い掛けた。

「ああ……」

夜烏の喜平は、嗄《しやが》れ声を引き攣らせた。

「で、藤吉に村上又四郎、それに船頭とお前は錠前師のようだな……」

半兵衛は、庄助を見据えた。

庄助は狼狽えた。

「質屋大黒屋の押し込みは此迄《これまで》だ。神妙《しんみよう》にお縄を受けるんだな」

「煩《うる》せえ……」

村上は、半兵衛に猛然と斬り掛かった。

半兵衛は、長十手で村上の刀を弾き飛ばし、柄《つか》を握る腕を鋭く打ち据えた。

骨の折れる音が鳴り、村上は刀を落として蹲《うずくま》った。

捕り方たちは、蹲った村上に殺到した。そして、突棒《つくぼう》、袖搦《そでがらみ》、刺股《さすまた》の三道具《みつどうぐ》で容赦《ようしや》なく打ちのめして縄を打った。

喜平、藤吉、庄助、千造は匕首《あいくち》を抜いた。

捕り方たちは、喜平、藤吉、庄助、千造に目潰《めつぶ》しを次々に投げ付けた。

目潰しの白い粉が舞った。

喜平、藤吉、庄助、千造は怯《ひる》んだ。

半次と音次郎は飛び込み、喜平、藤吉、庄助、千造を十手で容赦なく叩きのめした。

捕り方たちが襲い掛かり、次々にお縄にしていった。

半兵衛は、取り囲む捕り方たちの背後にいるおこまと政吉に気が付いた。

おこまと政吉は、次々に打ちのめされて捕らえられる盗賊の中に弥七を捜していた。

半兵衛は、おこまと政吉に近付いた。

「おこま……」

半兵衛は笑い掛けた。

「し、知らん顔の旦那……」

おこまは、半兵衛に気が付いて安堵と緊張を交錯《こうさく》させた。

「暫くだな、おこま。そっちが大工の政吉かな……」

半兵衛は、政吉を見詰めた。

「は、はい。大工の政吉です……」

政吉は頷いた。

「私はおこまの知り合いの北町の白縫半兵衛。あそこでお縄になっている盗賊共に弥七はいないよ」

半兵衛は教えた。

「知らん顔の旦那……」

おこまと政吉は、戸惑いを浮かべた。

「弥七は、荒物屋で眠っているよ」

半兵衛は告げた。

「眠っているって……」

おこまは、事の次第が呑み込めず戸惑いを露《あら》わにした。

「盗賊が押し込みを始める前に、私が身柄を押さえてね。今、捕らえられている者共の中にはいない」

「し、白縫さま……」

政吉は、半兵衛を呆然《ぼうぜん》と見詰めた。

「だから、弥七は盗賊の押し込みには加わっちゃあいない」

半兵衛は笑った。

「良かった……」

政吉は、緊張の糸が切れたのか、その場に座り込んだ。

「知らん顔の旦那。ありがとうございました」

おこまは、半兵衛に深々と頭を下げた。

「捜したぞ、おこま。いつから蕎麦屋の二階にいたんだ」

半兵衛は尋ねた。

「昼過ぎから、政吉さんと……」

「そうか……」

半兵衛は苦笑した。

「あの、白縫さま、弥七さんは……」

おこまは、半兵衛に縋《すが》る眼差しを向けた。

「おこま、政吉、弥七は押し込みには加わらなかったが、盗賊の一味の者として大黒屋を見張っていたのは事実だ。そいつは忘れるんじゃあない……」

半兵衛は、厳しい面持ちで告げた。

盗賊夜烏の喜平たちは次々に捕らえられ、質屋『大黒屋』の押し込みは未然に防がれた。

盗賊夜烏の喜平一味は壊滅した。

おこまの垂れ込みの手紙から始まった長い一日は終わった。


半兵衛は、盗賊夜烏の喜平一味の押し込みを未然に防ぎ、お縄に出来た功績はおこまの垂れ込みの手紙にあると、吟味方与力の大久保忠左衛門に報告した。

忠左衛門は、おこまの所業を褒め称《たた》え、盗賊夜烏の喜平、浪人の村上又四郎、藤吉、船頭の千造、錠前師の庄助たちを死罪に処した。そして、押し込みを止めようとしたおこまと政吉に免じ、弥七を江戸払いの刑にした。

弥七は、死罪にされていく夜烏の喜平たちの哀れな最期に震えあがり、己の罪を悔いた。そして、おこまと政吉に深く感謝し、江戸から立ち去った。


「江戸払いとは、大久保さまにしては軽いお仕置ですね」

音次郎は眉をひそめた。

「まあな……」

半兵衛は苦笑した。

今は知らぬ顔をするのが一番だ……。

おこまの為には、此《これ》で良かったのだ。

「此で弥七、本当に真っ当な男になれば良いんですがね」

半次は懸念した。

「うむ。もし、次に悪事を働いた時は、私との拘わりには知らん顔をしてお縄にし、厳しく仕置してやるさ……」

半兵衛は笑った。

次は知らぬ顔だ……。

第二話　一周忌

一

湯島天神《ゆしまてんじん》は参詣客で賑《にぎ》わっていた。

北町奉行所臨時廻り同心白縫半兵衛は、岡っ引の本湊の半次と下っ引の音次郎を伴って神田明神から湯島天神の道筋を見廻りにやって来た。

「旦那……」

半次は、湯島天神の鳥居前の人だかりを示した。

「何かな……」

半兵衛は眉をひそめた。

「見て来ます」

音次郎は、人だかりに駆け寄った。

半兵衛と半次は続いた。

人だかりの中では、三人の旗本の倅《せがれ》と思える若い侍たちが頬被《ほおかぶ》りに菅笠《すげがさ》を被った若い人足《にんそく》を取り囲んでいた。

「どうしたんですか……」

音次郎は、隣のお店者《たなもの》に尋ねた。

「良く分からないんだけど、三人の若侍が人足にどうして笑ったと怒っているんですよ」

お店者は、眉をひそめて囁《ささや》いた。

「へえ。そうなんですか……」

「どうした……」

半兵衛と半次が、音次郎の許にやって来た。

「そいつが、どうも喧嘩《けんか》らしいですよ」

音次郎は、若い侍たちと人足を示した。

「喧嘩……」

半次は、三人の若い侍と人足を眺《なが》めた。

「ええ。人足一人に侍が三人。勝負になりませんよ」

音次郎は眉をひそめた。

「なあに、音次郎、心配は無用だ……」

半兵衛は苦笑した。

「えっ……」

音次郎は戸惑った。

「おのれ、下郎《げろう》。どうしても詫《わ》びぬと申すか……」

若い侍の一人が激高《げきこう》した。

「ああ。さっきから云っているように、俺はお前さんたちを見て笑っちゃあいないからな」

人足は冷静に告げた。

「黙れ……」

若い侍の一人が人足に殴り掛かった。

人足は、若い侍の拳を躱《かわ》してその尻を蹴り飛ばした。

若い侍は、踏鞴《たたら》を踏んで顔から無様《ぶざま》に倒れ込んだ。

遠巻きにして見ていた者たちが笑った。

「お、おのれ……」

残る二人の若い侍は熱《いき》り立《た》ち、人足に猛然と襲い掛かった。

人足は、襲い掛かった二人の若侍を殴り倒し、大きく投げ飛ばした。

二人の若い侍は、地面に叩きつけられて土埃《つちぼこり》を舞い上げた。

一瞬の出来事だった。

遠巻きにしていた者たちは、手を叩《たた》いて笑った。

人足は、菅笠を目深《まぶか》に被り直してその場から立ち去った。

無様に倒れた三人の若い侍が残された。

半兵衛の睨《にら》み通りだった。

「旦那……」

音次郎は、半兵衛に戸惑った眼を向けた。

「あの人足は武士だ……」

半兵衛は笑った。

「えっ……」

音次郎は、思わず立ち去って行く人足を振り返った。

「それも、かなりの遣《つか》い手《て》だよ」

半兵衛は、立ち去って行く人足を見送った。

「旦那、彼奴《あいつ》らどうします」

半次は、足を引《ひ》き摺《ず》り、腰を摩《さす》りながら立ち去って行く三人の若い侍を示した。

「どうせ、此《こ》の界隈《かいわい》で悪さをしている旗本の馬鹿息子共だ。その内、もっと酷《ひど》い目に遭《あ》って眼を覚ますだろう」

半兵衛は苦笑した。

「じゃあ、放って置きますか……」

「うん。行くよ」

半兵衛は、鳥居を潜《くぐ》って湯島天神の境内《けいだい》に入って行った。

半次と音次郎は続いた。

その日、半兵衛は半次や音次郎といつも通りの市中見廻りをした。

廻り髪結の房吉は、半兵衛の髷《まげ》を手際良く結った。

髪の毛が引っ張られる僅《わず》かな痛みは、朝の眠気を心地好く消してくれた。

房吉の日髪日剃《ひがみひぞり》が終わる頃、半次と音次郎がやって来た。

半兵衛は、半次や音次郎、房吉と朝飯を食べて北町奉行所に出仕《しゅっし》した。

「あっ、半兵衛さん……」

当番同心は、同心詰所に入った半兵衛に声を掛けて来た。

「何だい……」

「あの、大久保さまが……」

当番同心は、遠慮勝《えんりよが》ちに告げた。

「半兵衛は知らぬ内に来て見廻りに出掛けてしまった。大久保さまにはそう……」

「おう。半兵衛……」

吟味方与力の大久保忠左衛門は、筋張《すじば》った首を伸ばして同心詰所を覗いた。

「あっ……」

半兵衛は、思わず眼を瞑《つぶ》った。

当番同心は、必死に笑いを堪《こら》えた。

「待ち兼ねたぞ。儂《わし》の用部屋に参れ」

忠左衛門は告げた。

「こ、心得《こころえ》ました。只今《ただいま》……」

半兵衛は観念した。

「まあ、飲め……」

忠左衛門は、己の用部屋に来た半兵衛に茶を淹《い》れて差し出した。

「はあ、戴《いただ》きます」

半兵衛は、忠左衛門の淹れてくれた茶を啜《すす》った。

「美味《うま》い……」

半兵衛は、思わず声をあげた。

「そうだろう……」

忠左衛門は、筋張った細い首を伸ばして皺《しわ》だらけの顔を綻《ほころ》ばせた。

忠左衛門が用部屋に呼んだのは、面倒な一件を押し付けるのではなく、己の淹れた美味い茶を飲ませる為だったのかもしれない。

半兵衛は、微《かす》かな安堵《あんど》を覚えた。

「処《ところ》で半兵衛……」

忠左衛門は、茶を飲み干して筋張った細い首を伸ばして笑った。

来た……。

半兵衛は、微かでも安堵した己を恥じた。

「はい……」

半兵衛は覚悟を決めた。

「本郷《ほんごう》の旗本の倅が行方知れずになってな」

忠左衛門は、筋張った細い首を伸ばして囁いた。

「えっ。旗本の倅ですか……」

「うむ。その旗本の倅、父親も認める愚か者で評判の悪い奴でな。家が取り潰しになるような真似をしているならば、さっさと死んでくれた方がありがたいと思っているそうだ」

忠左衛門は、細い首の喉仏《のどぼとけ》を震わせた。

「死んでくれた方がありがたい……」

半兵衛は眉をひそめた。

愚か者とは云《い》え我が子だ。家の為にその死を願う父親に半兵衛は興味を抱いた。

「左様《さよう》。それで半兵衛、その行方知れずの旗本の倅を捜してみてくれ」

「愚か者の旗本の倅……」

「うむ。本郷は御弓町《おゆみちょう》に屋敷のある八百石取りの旗本、北島監物《きたじまけんもつ》、行方知れずの愚か者の倅は北島右京《うきょう》、十七歳。五日前に出掛けたまま戻らず、家族は賭場《とば》か女郎屋に居続けていると思っていたのだが、いつも連《つる》んでいる仲間が訪ねて来て、初めて倅の右京が行方知れずになっているのに気が付いたと云う訳だ」

忠左衛門は、腹立たし気に告げた。

「酷い話ですね……」

半兵衛は、倅の行動に無関心な父親や家族に少なからず呆《あき》れた。

「うむ。その旗本北島監物とうちの年番方《ねんばんかた》与力どのが昵懇《じっこん》の仲だそうでな……」

忠左衛門は苦笑した。

「ほう。年番方与力どのと……」

年番方与力とは、与力の最古参の者が務め、町奉行所全般の取締り、金銭の保管、出納《すいとう》、各組の監督などを役目とする者だ。

愚か者の旗本の倅北島右京捜しは、年番方与力の依頼なのだ。

半兵衛は知った。

「半兵衛、遠慮は無用だ」

忠左衛門は、筋張った細い首を僅かに震わせた。

「心得ました。して、大久保さま、その行方知れずの愚か者の北島右京がいつも連んでいる仲間、何処《どこ》の誰か分かりますか……」

半兵衛は尋ねた。


本郷御弓町の北島屋敷は表門を閉じ、ひっそりとしていた。

半兵衛は、北島屋敷を眺めた。

「旦那……」

半次と音次郎が駆け寄って来た。

「どうだった……」

「はい。近所の旗本屋敷の奉公人たちによれば、北島右京、未だ十七歳の癖《くせ》に飲む、打つ、買うの遊び人。評判通りの愚か者って処ですか……」

半次は、近所の聞き込みの結果を告げた。

「そうか……」

半兵衛は苦笑した。

「餓鬼《がき》の癖に結構な御身分ですよ。ま、本人が一番悪いのですが、そうなる迄《まで》、放って置いた親も酷いもんですよ」

音次郎は、腹立たしげに北島屋敷を見詰めた。

「私もそう思うよ。じゃあ、北島右京と連んでいた原田進次郎《はらだしんじろう》の処に行ってみるか……」

「はい。じゃあ、小石川片町《こいしかわかたまち》に……」

「うん……」

半兵衛は、半次、音次郎と本郷御弓町から小石川片町に向かった。

原田屋敷は、小石川にある備後《びんご》国福山《ふくやま》藩江戸中屋敷の傍《そば》にあった。

原田家の倅の進次郎は、行方知れずの北島右京と連んで遊び歩いており、何かを知っている筈だ。

半兵衛は、半次と音次郎と共に原田屋敷を窺《うかが》った。

原田屋敷は静けさに満ちていた。

「いますかね。進次郎……」

音次郎は眉をひそめた。

「未《ま》だ昼前だ。女郎屋に居続けでもしていない限り、屋敷にいるだろう」

半次は読んだ。

「半次、音次郎……」

半兵衛は、原田屋敷の潜《くぐ》り戸《ど》が開いたのを示し、物陰に入った。

半次と音次郎が続いた。

開いた潜り戸から若い侍が現れた。

「旦那……」

「ああ。おそらく原田進次郎だな」

半兵衛は睨んだ。

若い侍は、足早に本郷の通りに向かった。

「追うよ……」

半兵衛、半次、音次郎は、原田進次郎を追った。


本郷通りは湯島から駒込《こまごめ》に続いている。

原田進次郎は、辺りを警戒したり、振り返る事もなく湯島に進んだ。

「半次、音次郎、奴に見覚えはないか……」

半兵衛は訊いた。

「見覚えですか……」

半次は眉をひそめた。

「ああ……」

「あっ……」

音次郎が素《す》っ頓狂《とんきよう》な声をあげた。

「湯島天神の鳥居の前で……」

半次は気が付いた。

「うん。人足姿の侍に叩きのめされていた三人の若い侍の一人だ」

半兵衛は苦笑した。

「じゃあ、あの三人の若い侍の中に北島右京もいたんですかね」

半次は眉をひそめた。

「きっとな……」

半兵衛は頷《うなず》いた。

原田進次郎は、本郷の通りを湯島に進んで神田明神の境内に入った。

神田明神の境内には多くの参拝客がいた。

原田進次郎は、境内の茶店に向かった。

茶店には、進次郎と同じ年頃の若い侍が縁台《えんだい》に腰掛けて茶を飲んでいた。

進次郎は、茶店の亭主に茶を頼んで若い侍の隣に腰掛けた。

続いて半次が茶店に入り、進次郎と若い侍の背後に腰掛けて茶を注文した。

半兵衛と音次郎は、境内の石燈籠《いしどうろう》の陰から見守った。


「じゃあ小五郎《こごろう》の処にも、右京からの連絡はないのか……」

「ああ……」

小五郎と呼ばれた若い侍は頷いた。

「そうか……」

進次郎は肩を落とした。

「進次郎、右京の奴、まさか……」

小五郎は、微かに声を震わせた。

「小五郎、捜そう。右京を捜すんだ」

「でも、何処を捜せばいいんだ」

「俺たちを恨《うら》んでいる奴の処だ……」

進次郎は、腹立たし気に告げた。

「俺たちを恨んでいる奴……」

小五郎は狼狽《うろた》えた。

「ああ。ひょっとしたら俺たちを恨んでいる奴が、右京をどうにかしたのかもしれない」

進次郎は読んだ。

「どうにかって……」

小五郎は、嗄《しやが》れ声を震わせた。

「だから捜すんだ。右京を捜して、どうなったか突き止めるのだ。さもなければ、次は俺か小五郎、お前が行方知れずになっちまうかもしれない……」

進次郎は、微かな怯《おび》えを過《よ》ぎらせた。

半次は、茶を啜りながら背後の進次郎たちの話を聞いた。

話し声は小さかったが、半次は辛うじて進次郎たちの話を聞いた。

「半兵衛の旦那、進次郎が逢っている野郎もあの時の三人の内の一人ですぜ……」

音次郎は、小五郎を見据えた。

「うん。こうなると、行方知れずの北島右京が残る一人だな」

半兵衛は苦笑した。

「はい。旦那……」

音次郎は、茶店から出て行く原田進次郎と若い侍を示した。

「うん。先に行きな……」

半兵衛は、音次郎を促《うなが》した。

「合点《がってん》です……」

音次郎は、進次郎たちを追った。

半兵衛は、距離を取って続いた。

「旦那……」

半次が追い着き、半兵衛に並んだ。


原田進次郎と若い侍は、明神下の通りを不忍池に向かった。

音次郎は尾行《つけ》た。

「原田進次郎と一緒の奴は、苗字《みようじ》は分かりませんが、名は小五郎です」

半次は報せた。

「小五郎か……」

「はい。湯島天神の三人の一人ですね」

「ああ。原田進次郎と小五郎、それに行方知れずの北島右京……」

「原田進次郎と小五郎は、右京の行方知れずを心配し、自分たちを恨んでいる者が右京をどうにかしたと睨み、捜そうとしています」

半次は告げた。

「じゃあ、此から自分たちを恨んでいる者の処に行くのかな……」

半兵衛は読んだ。

「きっと……」

半次は頷いた。

進次郎と小五郎は、不忍池の畔《ほとり》の池之端仲町《いけのはたなかちょう》に進んだ。

音次郎は尾行し、半兵衛と半次は続いた。

池之端仲町の裏通りには、様々な店が軒《のき》を連《つら》ねていた。

進次郎と小五郎は、落ち着かない様子で辺りを窺いながら進んだ。

何処迄行くのだ……。

音次郎は尾行た。

進次郎と小五郎は裏通りを進み、物陰から一軒の小間物屋を窺った。

『京《きよう》や』の看板を掲げた小間物屋には、若い女客たちが出入りをしていた。

進次郎と小五郎は、小間物屋『京や』を窺い続けた。

音次郎は見守った。

「音次郎……」

半次と半兵衛がやって来た。

「野郎たち、京やって小間物屋を窺っていますよ」

「小間物屋の京や……」

半兵衛と半次は、進次郎と小五郎、小間物屋『京や』を眺めた。

「さあて、どんな拘《かか》わりなのか……」

半兵衛は苦笑した。

「京やがどんな小間物屋なのか、ちょいと訊いて来ますか……」

半次は告げた。

「うん。そうしてくれ」

「じゃあ……」

半次は、半兵衛と音次郎を残して木戸番屋に急いだ。

進次郎と小五郎は、小間物屋『京や』の様子を窺い続けた。

半兵衛と音次郎は、進次郎と小五郎を見張った。


「変わった様子はないな……」

進次郎は、小間物屋『京や』の様子を見定めた。

「ああ。おきぬは店に出ていないな」

小五郎は眉をひそめた。

「うん……」

進次郎は頷いた。

「どうする、進次郎……」

「どうするって、京やに行って、右京はどうしたって訊く訳にもいかないだろう」

「だけど、此処《ここ》で店を窺っていても埒《らち》は明かないぞ」

小五郎は苛立《いらだ》った。

「何をしている……」

進次郎と小五郎は、男の声に振り返った。

総髪《そうはつ》の浪人がいた。

「京やに用か……」

総髪の浪人は、進次郎と小五郎を見据えた。

「半兵衛の旦那……」

音次郎は眉をひそめた。

「ああ。あの時の人足姿の侍だ……」

半兵衛は、総髪の浪人が右京、進次郎、小五郎を痛め付けた人足姿の侍だと見抜いた。

総髪の浪人は、進次郎と小五郎に迫っていた。

進次郎と小五郎は、思わず後退《あとずさ》りをした。

「どうした。いつものように身分を笠《かさ》に着《き》て傍若無人《ぼうじゃくぶじん》な真似をしないのか……」

総髪の浪人は、進次郎と小五郎に薄く笑い掛けた。

蔑《さげす》みを含んだ薄笑いだった。

「な、何だ、おぬしは……」

進次郎は、居丈高《いたけだか》な声をあげた。

「名乗る程の者ではない……」

総髪の浪人は告げた。

「ならば、我らとは拘わりはない……」

進次郎は、必死に総髪の浪人を睨み付けた。

「果たしてそうかな……」

総髪の浪人は、進次郎と小五郎を厳しく見据えた。

進次郎と小五郎は、思わず後退りした。

「己の身が可愛ければ、早々に立ち去れ」

総髪の浪人は身構えた。

「し、進次郎……」

小五郎は、声を震わせた。

「行くぞ、小五郎……」

進次郎は、総髪の浪人に背を向けて足早にその場を離れた。

小五郎は慌てて続いた。

総髪の浪人は見送った。

「旦那……」

音次郎は、半兵衛の指示を仰いだ。

「うん。追ってくれ」

「合点です……」

音次郎は、進次郎と小五郎を追った。

総髪の浪人は、小間物屋『京や』を一瞥《いちべつ》して不忍池に向かった。

半兵衛は追った。

二

総髪の浪人は、落ち着いた足取りで不忍池の畔に進んだ。

半兵衛は、充分な距離を取って尾行た。

「旦那……」

半次が現れ、半兵衛に並んだ。

「あの浪人ですか……」

半次は、先を行く総髪の浪人を窺った。

「ああ。原田進次郎と小五郎を脅《おど》し、京やの前から立ち去らせた」

半兵衛は苦笑した。

「へえ、何者ですかね……」

「湯島天神の鳥居前で右京や進次郎たちを痛め付けた人足姿の浪人だよ」

「ああ。あの時の……」

半次は、微かな緊張を過《よ》ぎらせて総髪の浪人を見詰めた。

「して、小間物屋京や、何か分かったか……」

「ええ。京やの主《あるじ》は富次郎《とみじろう》。店は繁盛していましてね。台所も裕福だそうですが、一人娘のおきぬにいろいろありそうだとか……」

半次は、聞き込んで来た事を告げた。

「一人娘のおきぬ……」

半兵衛は眉をひそめた。

「はい。噂じゃあ、男に騙《だま》されて弄《もてあそ》ばれ、そいつを弱味に大金を脅し取られたとか……」

半次は告げた。

「ほう。そんな事があったのか……」

「ええ。その強請《ゆすり》、右京たちの仕業《しわざ》なんですかね……」

「かもしれないな……」

「で、恨みを買い、右京は行方知れずになった、って処《ところ》ですか……」

半次は読んだ。

「ありそうな話だな……」

半兵衛は笑った。


不忍池は陽差しに煌《きら》めいていた。

総髪の浪人は、不忍池の畔を西に進んだ。

半兵衛と半次は追った。

総髪の浪人は、不忍池の西にある加賀《かが》国金沢《かなざわ》藩江戸上屋敷の裏に連なる寺の一軒の山門を潜った。

半次は山門に走った。そして、総髪の浪人が本堂の裏に入って行くのを見届けた。

半兵衛が追って来た。

「本堂の裏に廻って行きました。裏に家作《かさく》でもあるのかもしれませんね」

半次は報せた。

「うん……」

半兵衛は、寺を見廻した。

寺は古く、山門には『祥敬寺《しょうけいじ》』と文字の薄れた古い扁額《へんがく》が掲げられていた。

「祥敬寺か……」

半兵衛は、古い扁額を読んだ。

祥敬寺は、境内も綺麗に掃除され、古寺の落ち着いた威厳を漂わせていた。


湯島天神門前町の一膳飯屋《いちぜんめしや》は、昼飯時も過ぎて閑散としていた。

音次郎は浅蜊《あさり》のぶっ掛け丼を食べながら、酒を飲んでいる進次郎と小五郎の話を盗み聞いていた。

「どうする進次郎、右京の次は俺たちのどちらかだ。どうする……」

小五郎は、怯えを露《あら》わにしていた。

「落ち着け、小五郎。あの浪人だ。あの総髪の浪人が右京をどうにかしちまったんだ」

進次郎は苛立った。

「だけど、あの浪人が何処の誰か分からないし、どうしてそんな真似を……」

「雇われたんだ。京やの主に雇われ、俺たちを殺そうとしているんだ」

進次郎は読んだ。

「じゃあ、どうすればいいんだ」

小五郎は、半泣きになった。

「殺《や》るしかないだろう……」

進次郎は暗い眼で告げた。

「殺るしかない……」

小五郎は、戸惑いを浮かべた。

「ああ。右京のように行方知れずになりたくなければ、殺られる前に殺るしかないんだ」

進次郎は、手酌《てじゃく》で酒を呷《あお》った。

あの浪人……。

右京の次は俺たちだ……。

京やの主に雇われた……。

殺られる前に殺るしかない……。

音次郎は、進次郎と小五郎の話を断片的に盗み聞いた。

何を企《たくら》むのか……。

音次郎は、浅蜊のぶっ掛け丼を食べ終えて冷えた出涸《でが》らし茶を飲んだ。


古寺『祥敬寺』の屋根は西日に輝いた。

「そうか、やはり本堂の裏に家作があったのか……」

「はい。で、隣の寺の寺男に訊いた処、あの総髪の浪人の名は夏目慎之介《なつめしんのすけ》……」

「夏目慎之介……」

「はい。貧乏御家人の部屋住《へやず》みで、今は家を出て口入屋《くちいれや》の仕事をしているそうですよ」

「それで、時には人足働きもするか……」

半兵衛は、湯島天神鳥居前で右京、進次郎、小五郎を痛め付けた人足姿の夏目慎之介を思い出した。

「ええ。同じ公方《くぼう》様の御家来筋でも、右京たちとは随分と違うようですね」

半次は、皮肉っぽく笑った。

「ああ。ぴんからきり迄、いろいろいるよ」

半兵衛は苦笑した。

「で、どうします……」

「うん。私は京やに行ってみる。半次は夏目慎之介を頼む……」

「承知しました」

半次は頷いた。

半兵衛は、半次を残して池之端仲町の小間物屋『京や』に向かった。


陽は大きく西に傾いた。

小間物屋『京や』は客も途絶え、奉公人たちが店仕舞いの仕度をしていた。

「邪魔をする……」

半兵衛は、小間物屋『京や』の暖簾《のれん》を潜った。

「此はお役人さま。おいでなさいませ」

帳場に居た番頭が迎えた。

「うむ。私は北町奉行所の白縫半兵衛、主の富次郎はいるかな」

半兵衛は笑い掛けた。

座敷の障子は西日に輝いた。

「どうぞ……」

女中は、半兵衛に茶を差し出して退《さが》った。

半兵衛は、西日を浴びている庭を眺めながら茶を啜った。

「お待たせ致しました」

羽織を着た初老の男がやって来た。

「北の御番所の白縫半兵衛さまにございますか、手前が京や富次郎にございます」

初老の男は、小間物屋『京や』の主富次郎だった。

「うむ。富次郎、ちょいと聞きたい事があって来た」

半兵衛は笑い掛けた。

「は、はい。何でございましょうか……」

富次郎は、微かな緊張を過ぎらせた。

「うむ。かつて京やの一人娘が弱味を握られ、大金を強請り取られたと云う噂、本当なのかな」

半兵衛は、富次郎を見据えた。

「し、白縫さま……」

富次郎は狼狽えた。

「富次郎、もしその噂が本当なら、強請を仕掛けて来たのは、旗本の倅の北島右京たちなのかな……」

「は、はい。左様にございます。旗本の倅の北島右京、原田進次郎、大沢《おおさわ》小五郎にございます……」

富次郎は、観念したように告げた。

半兵衛は頷いた。

「やはり、そうか……」

「はい。白縫さま、それを今……」

富次郎は、不安を滲《にじ》ませた。

知らない……。

富次郎は、北島右京が行方知れずになっている事を知らないのだ。

半兵衛の勘が囁いた。

「いや。今更、公《おおやけ》にするつもりはないから安心してくれ……」

半兵衛は笑った。

「白縫さま……」

富次郎は、半兵衛に安堵と感謝の眼差しを向けた。

「実はな、富次郎、北島右京が五日前から行方知れずになっているのだ……」

半兵衛は、富次郎の反応を窺いながら告げた。

「北島右京が行方知れず……」

富次郎は驚いた。

驚きに嘘はない……。

半兵衛は、己の勘の正しさを知った。

「うむ。それでだ富次郎、北島右京を恨んでいる者は、お前さんの他にもいると思うのだが、知らないかな」

「手前の他に北島右京を恨んでいる者にございますか……」

「うむ……」

「さあて……」

富次郎は首を捻《ひね》った。

「思い当たる者はいないか……」

話し始めた。

「高柳、昨夜、此の界隈で夏目慎之介を見失ったようだな……」

半兵衛は読んだ。

「ええ。それで捜していますか……」

「ああ。高柳と派手な半纏の遊び人、きっと原田進次郎に雇われたのだろう」

「そんな処ですね」

半次は頷いた。

高柳は、派手な半纏を着た遊び人と一緒に茶店を出た。

「追います……」

「そうしてくれ。私は夏目のいる祥敬寺に行ってみる……」

半兵衛は、高柳と遊び人を追う半次と別れ、夏目慎之介のいる『祥敬寺』に向かった。


小石川の原田屋敷を出た進次郎は、旗本屋敷街を南に進んだ。

音次郎は尾行た。

進次郎は、旗本屋敷街を足早に進んで水戸藩江戸上屋敷の裏手に出た。そして、横手の土塀沿いの道を神田川に向かった。
音次郎は尾行た。
神田川には荷船が行き交っていた。
進次郎は、水戸藩江戸上屋敷の横手から神田川沿いの道に出た。
神田川には水道橋が架かり、傍《かたわ》らに御茶ノ水の懸樋があった。
進次郎は、水道橋や御茶ノ水の懸樋の前に連なる旗本屋敷に向かった。
音次郎は追った。
小五郎の家である大沢屋敷に来た……。
音次郎は読んだ。
進次郎は、連なる旗本屋敷の一軒に進んで潜り戸を叩いた。
やはり、大沢屋敷だ……。
音次郎は見守った。
潜り戸が開き、中間《ちゅうげん》が現れた。
進次郎は、中間に何事かを尋ねた。
中間は首を横に振り、心配そうに何事かを告げた。

進次郎は眉をひそめた。

小五郎が、昨夜から帰っていないのを知ったのだ。

音次郎は読んだ。

進次郎は、大沢屋敷を離れて御茶ノ水の懸樋に進んだ。

小五郎は、昨日の朝に出掛けたまま屋敷に帰っていなかった。

あれからどうしたのだ……。

進次郎は、御茶ノ水の懸樋の傍に佇んで辺りを見廻した。

昨夜、小五郎を巡って塗笠を目深に被った侍と遣《や》り合《あ》った処だ。そして、塗笠を被った侍は逃げた。

進次郎は、浪人の高柳と一緒に塗笠を被った武士を追い、不忍池の畔で見失った。

あの時、小五郎は御茶ノ水の懸樋の傍に倒れていた筈だ。

あれから何者かが現れ、小五郎を連れ去ったのだ。

何《いず》れにしろ、北島右京に続いて大沢小五郎も消えた……。

小五郎を連れ去ったのは、右京を行方知れずにした者なのかもしれない。

塗笠を被った侍には、仲間がいたのか……。

進次郎は、緊張した面持ちで辺りを見廻した。
音次郎は、佇む進次郎を見守った。
『祥敬寺』の境内には、住職の読む経が響いていた。
長閑《のどか》なものだ……。
半兵衛は、『祥敬寺』を眺めた。
塗笠を被った浪人が、山門から出て来た。
夏目慎之介だ……。
半兵衛は、物陰に隠れた。
慎之介は、辺りを見廻して塗笠を目深に被り直した。
何処に行く……。
半兵衛は見守った。
慎之介は、不忍池の畔に出て北に進んだ。
よし……。
半兵衛は、巻羽織を脱いで風呂敷に包み、慎之介を追った。
慎之介は、不忍池の畔から根津権現門前町《ねづごんげんもんぜんちょう》に向かった。

半兵衛は、羽織を包《くる》んだ風呂敷を腰に結び、慎之介を慎重に尾行た。

塗笠を目深に被った侍……。

それだけで小五郎を襲った侍を捜し出すのは、所詮《しょせん》は無理なのだ。

浪人の高柳は苦笑し、遊び人の巳之吉《みのきち》と一膳飯屋の暖簾を潜った。

半次は、続いて一膳飯屋に入った。


浪人の高柳と遊び人は、一膳飯屋の奥で酒を飲み始めていた。

半次は、出来るだけ近くに座り、酒を飲みながら浪人の高柳と遊び人の話を盗み聞きした。

「巳之吉、塗笠を被った侍など掃《は》いて棄《す》てる程いる。それだけで捜し出すなど、お釈迦様でも出来る筈はねえさ」

高柳は、嘲りを浮かべながら酒を飲んだ。

「そりゃあそうですが。良いんですか、捜さずに酒なんか飲んで……」

巳之吉と呼ばれた遊び人は、薄笑いを浮かべて高柳に酌をした。

「捜す金さえ貰えばこっちのものだ。構いやしねえさ」

高柳は、狡猾《こうかつ》な笑みを浮かべて酒を飲んだ。

所詮は小悪党同士、義理も道義もない……。

半次は苦笑した。

だが、高柳の云う通り、塗笠を被った侍と云う手掛かりだけで夏目慎之介を捜すのは無理なのだ。

幾ら悪党でも十七、八歳の旗本の馬鹿息子だ。高柳の強《したた》かさには敵《かな》う筈はない。

半次は読んだ。

谷中《やなか》は寛永寺のある上野山の裏、北側にあり、富籤《とみくじ》の天王寺《てんのうじ》といろは茶屋で名高い。

夏目慎之介は、連なる女郎屋の籬《まがき》を覗きながら行き交う遊び客の間を進んだ。

半兵衛は尾行た。

慎之介は、連なる女郎屋を抜けて小さな古寺の山門を潜った。

半兵衛は山門に走った。

慎之介は、小さな古寺の庫裏《くり》に入った。
祥敬寺の家作に住んでいる慎之介が、谷中の小さな古寺に何しに来たのだ。
半兵衛は、微かな戸惑いを覚えた。
庫裏から老住職と慎之介が現れ、寺の裏の墓地に向かった。
半兵衛は続いた。

墓地には老住職の読経《どきよう》が響き、線香の煙が漂った。
墓の前では老住職が経を読み、慎之介が手を合わせていた。
墓参りか……。
半兵衛は、連なる墓の陰から見守った。
慎之介は、手を合わせ続けた。
誰の墓なのか……。
半兵衛は気になった。
老住職の経が終わった。
慎之介は、老住職に深々と頭を下げて礼を述べた。
老住職は頷き、庫裏に戻って行った。

慎之介は一人残り、墓地の隅に咲いていた野菊を採り、墓に供えた。

よし……。

半兵衛は、墓の陰から出た。

慎之介は、半兵衛の気配に気が付いて振り返った。

「やあ。こりゃあ、お墓参りの邪魔をしましたかな……」

半兵衛は、申し訳なさそうに詫びた。

「いえ。墓参りは終わった処です」

慎之介は、小さな笑みを浮かべた。

半兵衛は、素早く墓に書かれている名を読んだ。

墓には、『俗名夏目妙之墓』と書かれていた。

「母上さまの御供養ですか……」

半兵衛は尋ねた。

「いいえ。妻の墓です」

慎之介は告げた。

「お内儀さまの墓……」

半兵衛は知った。

「ええ。そろそろ一周忌でしてね。それで……」

慎之介は、小さな笑みを浮かべた。

「そうですか……」

半兵衛は、慎之介の妻の妙《たえ》の墓に手を合わせた。

夏目慎之介の妙と云う妻は、一年程前に死んでいた。

「ありがとうございます」

慎之介は、妻の墓に手を合わせてくれた半兵衛に礼を述べた。

「いえ。私も大昔に妻を亡くしていましてね」

「貴方も……」

慎之介は、戸惑ったように半兵衛を見た。

「ええ。妻は初めて子を身籠《みごも》りましてね。難産で生まれて来る筈の子と一緒に……」

半兵衛は、遠く過ぎ去った昔を思い出した。

「そんな……」

慎之介は、驚いたように半兵衛を見詰めた。

「そんな、とは……」

半兵衛は、思わず訊き返した。

「妙も身籠っていましてね……」

慎之介は、淋《さび》し気な笑みを浮かべた。

「身籠っていた……」

「ええ。可哀想な事をしました……」

慎之介は、亡くなった妻を思い出すように墓を見詰めた。

小さな古寺の鐘が申《さる》の刻七つ（午後四時）を告げた。

「じゃあ、私は此で……」

慎之介は、墓に手を合わせ、半兵衛に一礼して墓地から立ち去った。

慎之介が北島右京、原田進次郎、大沢小五郎を付け狙うのは、身籠っていた妻の妙の死と拘わりがあるのかもしれない。

半兵衛は、慎之介を追った。

申の刻七つを告げる鐘の音は、静かに鳴り続いていた。

原田進次郎は、御茶ノ水の懸樋の傍に佇み、小五郎が屋敷に帰って来るのを待った。

だが、小五郎が帰って来る事はなかった。
原田進次郎は、大沢屋敷の前を立ち去って神田明神に向かった。
音次郎は追った。

夕暮れ時。
神田明神の参拝客は減り、門前町の盛り場は賑わい始めた。
浪人の高柳と遊び人の巳之吉は、盛り場の賑わいを進んだ。
半次は尾行た。
高柳と巳之吉は、賑わいの外れの居酒屋の暖簾を潜った。
半次は見送った。
「親分……」
音次郎が物陰から現れた。
「音次郎、原田進次郎が来ているのか……」
半次は、居酒屋を示した。
「はい。大沢屋敷に行き、小五郎が昨夜から戻らないのを知って此処に。今のは
……」

「うん。浪人の高柳と遊び人の巳之吉だ。原田進次郎に雇われ、不忍池界隈で夏目慎之介を捜していた」

半次は告げた。

「で、見付けましたか……」

「そいつが、捜す手掛かりがない以上に捜す気がないんだな……」

半次は苦笑した。

「所詮、金が目当ての雇われ者ですか……」

音次郎は嘲笑《ちょうしょう》した。

「よし。俺たちも腹拵《はらごしら》えだ」

半次は、着物の裾を降ろして居酒屋の暖簾を潜った。

音次郎は続いた。


居酒屋は既に賑わっていた。

高柳と巳之吉は、進次郎と店の奥で何事かを話しながら酒を飲んでいた。

半次と音次郎は、進次郎たちが見える場所に座り、酒と料理を頼んだ。

不忍池の畔に連なる寺には明かりが灯された。

夏目慎之介は、『祥敬寺』の山門を潜り、本堂裏の小さな家作に入った。

暗い家作に明かりが灯された。

半兵衛は見届けた。

今夜はもう動かない……。

半兵衛は見極めた。

よし……。

半兵衛は、『祥敬寺』を出て大番屋に急いだ。

四

燭台《しょくだい》に灯された火は、詮議場の壁に蒼白く映えた。

「どうだ、京やの他にお前たちを恨んでいる者、思い出したか……」

半兵衛は、筵の上に引き据えた大沢小五郎に笑い掛けた。

「そいつが、此と云って……」

小五郎は、困ったように首を捻った。

「そうか……」

「はい……」

「ならば、此処一年以内に身重《みおも》の武家の妻女と何か拘わりはなかったか……」

半兵衛は、小五郎を見据えた。

「此処一年以内に身重の武家の妻女ですか……」

小五郎は眉をひそめた。

「うむ。お前たちの引き起こした騒ぎに拘わったり、巻き込まれた者の中にいなかったか、良く考えてみろ」

「は、はい。そう云えば、右京が大店《おおだな》の娘が逢引《あいび》きをしているのを見付け、金を強請っていた時、止めに入った武家の妻女に厳しく咎《とが》められた事が……」

小五郎は思い出した。

「あったのか……」

「はい。ですが、それが一年前だったのかどうかは……」

小五郎は、自信なさげに告げた。

「はっきりしないのか……」

「はい……」

小五郎は頷いた。

「ならば、武家の妻女に厳しく咎められてどうしたのだ……」

半兵衛は眉をひそめた。

「流石《さすが》にその時は、右京や進次郎も強請を止めたのですが……」

小五郎は、言葉を濁《にご》した。

「その時は止めたが、どうしたのだ……」

半兵衛は、話の先を促した。

「後日、出逢った時、後を尾行て坂道で背後から……」

「背後からどうした……」

小五郎は項垂《うなだ》れた。

「突き飛ばしました」

「身重の妻女を突き飛ばしたのか……」

「はい……」

小五郎は、項垂れたまま頷いた。

「して、身重の妻女はどうした……」

「前のめりに倒れて、俺たちは直ぐに逃げたので……」

小五郎は、消え入るような声で告げた。

「身重の妻女がどうなったか、知らぬか……」

半兵衛は眉をひそめた。
十七、八歳にもなって愚かな奴らだ。
半兵衛は呆れ、怒りを覚えた。

「はい……」

「小五郎、おそらく身重の妻女は、腹の子を流産し、それが元で命を失ったようだ」

「えっ……」

小五郎は驚き、呆然とした。

「武家の身重の妻女と腹の子は、お前たちに死に追い込まれた。つまり、お前たちに殺されたのだ……」

半兵衛は、怒りを滲ませて厳しく告げた。

「俺たちが殺した……」

「ああ。死んだ身重の妻女の夫は、お前たちの仕業だと突き止め、既に右京を始末し、お前や原田進次郎の命も狙っている」

半兵衛は読んだ。

「つ、突き飛ばしたのは右京と進次郎だ。俺はその後ろから……」

小五郎は、恐怖に衝き上げられて必死に云《い》い繕《つくろ》おうとした。

「黙れ……」

半兵衛は、厳しく遮った。

小五郎は、喉を鳴らして言葉を飲んだ。

「大沢小五郎、たとえ背後から妻女の帯に触っただけにしても、お前が右京や進次郎と共に突き飛ばそうとしたのは明白。幾ら云い繕った処で罪は罪。決して許されるものではない……」

半兵衛は、小五郎を厳しく突き放した。

小五郎は震え、嗚咽《おえつ》を洩らした。

燭台の火は小刻みに揺れた。


北町奉行所の中庭には、木洩《こも》れ日《び》が揺れていた。

半兵衛は、大久保忠左衛門の用部屋を訪れ、旗本の倅の北島右京行方知れずの一件の睨みを伝えた。

「身重の女を背後から突き飛ばしただと……」

忠左衛門は、細い首の筋を引《ひ》き攣《つ》らせた。

「はい。強請を咎められ、窘《たしな》められたのを逆恨《さかうら》みし、腹の子を流産させ、妻女を死に追いやったものかと……」

半兵衛は、己の睨みを告げた。

「おのれ、八つ裂きにしても飽き足らぬ愚か者共め。北島右京、原田進次郎、大沢小五郎の愚かな悪行、目付《めつけ》と評定所《ひょうじょうしょ》に報せてくれる」

忠左衛門は、怒りに嗄れ声を震わせた。

「大久保さま、此は未だ私の睨みで、妻子の恨みを晴らそうとしている者が何者か、確かな事は分かりませぬ。目付、評定所に報せるのは、今暫《いましばら》くお待ち下さい」

半兵衛は、忠左衛門を見据えて告げた。

「半兵衛……」

忠左衛門は、白髪眉をひそめた。

「お願いにございます」

半兵衛は頼んだ。

「そうか。ならば半兵衛、今暫く待とう。だが、待つ刻が無駄にはならぬだろうな」

忠左衛門は、半兵衛を見据えて筋張った細い首を伸ばした。

「はい。決して……」

半兵衛は、不敵な笑みを浮かべた。


古い『祥敬寺』から夏目慎之介が現れ、塗笠を目深に被って不忍池の畔に向かった。

「半兵衛の旦那……」

半次は、慎之介を示した。

「よし。尾行るよ……」

半兵衛は、半次と共に慎之介の尾行を開始した。

慎之介は、不忍池の畔を進み、茅町二丁目から越後《えちご》国高田《たかだ》藩江戸中屋敷の横手の道に曲がった。

「何処に行くんですかね」

「此のまま行けば金沢藩江戸上屋敷の裏手だ。そこから本郷の通りとなると……」

……

「行き先は、小石川の原田進次郎の屋敷ですか……」

半次は読んだ。

「きっとな……」

半兵衛は頷いた。

慎之介は、本郷の通りを北に進み、菊坂台町《きくざかだいまち》に入った。

菊坂台町の奥に小石川片町があり、原田進次郎の屋敷がある。

慎之介は、原田屋敷に向かっている。

「間違いないようですね」

「うん……」

「進次郎を斬って、死んだ奥方の恨みを晴らしますか……」

「きっとな……」

「で、半兵衛の旦那はどうするんですか……」

半次は、半兵衛の出方を窺った。

「さあて、どうするか……」

半兵衛は、笑みを浮かべて慎之介を尾行た。

小石川片町の原田屋敷は表門を閉めていた。

夏目慎之介は門前に立ち止まり、目深に被った塗笠をあげて原田屋敷を窺った。

半兵衛と半次は、物陰から見守った。

「旦那、親分……」

音次郎が、半兵衛と半次の許にやって来た。

「進次郎はいるんだな……」

半兵衛は、進次郎を見張っていた音次郎に尋ねた。

「はい。未だ出掛けちゃあいません」

音次郎は頷いた。

「夏目慎之介、まさか斬り込むつもりじゃあないでしょうね」

半次は眉をひそめた。

「そいつはあるまい……」

半兵衛は笑った。

夏目慎之介は、素早く物陰に入った。

「半兵衛の旦那……」

音次郎は緊張した。

原田屋敷から進次郎が出て来た。

進次郎は、辺りを警戒する様子も見せずに本郷の通りに向かった。

慎之介は追った。

「旦那……」

「うん……」

半兵衛、半次、音次郎は、進次郎と慎之介を追った。

原田進次郎は、辺りを警戒する様子も背後を窺う事もなく旗本屋敷街を進んだ。

夏目慎之介は尾行た。

「妙だな……」

半次は眉をひそめた。

「何がです」

音次郎は、戸惑いを浮かべた。

「命を狙われていると知っている進次郎が何の警戒もしていないか……」

半兵衛は、半次の疑念を読んだ。

「ええ……」

半次は頷いた。

「誘っているんだ」

半兵衛は読んだ。

「えっ……」

「進次郎は、己を餌にして夏目慎之介を誘い出そうとしているんだよ」

半兵衛は告げた。

「誘い出すって、じゃあ……」

音次郎は気が付いた。

「うん。進次郎は北島右京を行方知れずにし、大沢小五郎を狙った者を誘い出そうとしているのだ」

半兵衛は睨んだ。

「じゃあ、進次郎の行き先には、浪人の高柳が……」

音次郎は読んだ。

「ああ。討ち果たそうと待ち構えている筈だ」

半兵衛は苦笑した。

進次郎は、小石川片町から菊坂台町に曲がらず、菊坂町に進んだ。
菊坂町の脇には明地《あけち》が続いている。
進次郎は、菊坂町と明地の間の道に進んだ。
慎之介は尾行した。
進次郎は、菊坂町を抜けて明地の間にある道に曲がった。
慎之介は追った。

明地には雑草が生い茂っていた。
進次郎は、明地の間の道を進んだ。
慎之介は尾行た。
明地の間の道に行き交う者はいなかった。
進次郎は、不意に立ち止まって振り返った。
慎之介は立ち止まった。
「お前か……」

進次郎は、慎之介を睨み付けた。

「原田進次郎……」

慎之介は、薄笑いを浮かべて進次郎との間合《まあ》いを詰めた。

「北島右京と大沢小五郎をどうした……」

進次郎は、怒りを滲ませた。

「北島右京は尋常の立ち合いで斬り棄てた。大沢小五郎は知らぬ……」

慎之介は、進次郎を見詰めて静かに告げた。

「何故だ。何故の狼藉《ろうぜき》だ」

進次郎は、慎之介が自分たちを付け狙う理由が知りたかった。

「遺恨だ……」

慎之介は、厳しく云い放った。

「遺恨……」

進次郎は、慎之介に怪訝《けげん》な眼を向けた。

「一年前、身重の女を突き飛ばしたのを覚えているか……」

「身重の女を突き飛ばした……」

進次郎は眉をひそめた。

「ああ。お前たちの強請を咎め、窘めた身重の女だ……」

「あっ……」

進次郎は思い出した。

「思い出したようだな……」

慎之介は冷笑した。

「あの時の……」

「お前たちに突き飛ばされた女は流産し、命を落とした……」

慎之介は、進次郎を見据えて静かに告げた。

怒りや昂《たかぶ》りを感じさせない静かさは、恨みの深さを窺わせた。

「お、俺たちは突き飛ばしただけだ。流産して命を落としたのは知らぬ。俺たちに拘わりない事だ」

進次郎は、醜《みにく》く抗弁《こうべん》した。

「黙れ……」

慎之介は、静かに遮った。

進次郎は、喉を鳴らして言葉を飲んだ。

「北島右京もそう云って果てた……」

慎之介は苦笑した。
「何……」
進次郎は凍《い》て付《つ》いた。
「殺された妻と子の遺恨、晴らす……」
慎之介は身構えた。
高柳たち三人の浪人と巳之吉が、明地から現れて慎之介を取り囲んだ。
慎之介は、高柳たちが現れるのを読んでいたのか、狼狽えもせずに対峙《たいじ》した。
高柳たち三人の浪人が、猛然と慎之介に斬り掛かった。
慎之介は、抜き打ちの一刀を横薙《よこな》ぎに放った。
閃光《せんこう》が走った。
浪人の一人が、血を振り撒いて倒れた。
慎之介は、二の太刀を袈裟《けさ》懸《が》けに鋭く斬り下げた。
もう一人の浪人が前のめりに倒れ、血を流した。
手練《しゅれん》の早技だった。
風が吹き抜け、雑草が揺れた。
高柳と巳之吉は後退りをし、身を翻して逃げた。

進次郎は、恐怖に激しく衝き上げられて立《た》ち竦《すく》んだ。
慎之介は、鋒《きっさき》から血の滴《したた》る刀を下げて進次郎に向かった。
進次郎は、足が竦んで動けないのか、その場で激しく震えるだけだった。
慎之介は、冷笑を浮かべて進次郎に刀を突き付けた。
鋒から血が滴り落ちた。
進次郎は仰《の》け反《ぞ》り、喉を激しく引き攣らせて倒れた。
慎之介は、倒れた進次郎を冷たく見下ろした。
「許して……」
進次郎は、慎之介の足元に平伏した。
「許して下さい。俺たちが悪かったんです。許して下さい」
進次郎は泣き出した。
慎之介に土下座《どげざ》し、子供のように泣いて許しを請《こ》うた。
慎之介は、泣いて詫びる進次郎を冷たく見下ろした。
「それ迄だな……」
半兵衛は、慎之介と進次郎の許に進んだ。
慎之介は、現れた町奉行所同心が墓地で出逢った侍だと気が付いた。

「おぬし……」

慎之介は眉をひそめた。

「うん。見ての通りの者だ……」

半兵衛は、巻羽織を見せて笑った。

半次と音次郎は、斬られて倒れている二人の浪人の許に駆け寄り、傷の様子を見た。

「急所は外した。命は助かる筈だ……」

慎之介は告げた。

「そいつは良かった。して、此の原田進次郎だが、北町奉行所としては、旗本支配の目付に事の仔細《しさい》を報せ、評定所の裁きを受けさせるつもりだ」

「評定所の裁き……」

「うむ。おそらく進次郎は切腹、原田家は家中取締不行届《かちゅうとりしまりふゆきとどき》で厳しく裁かれるだろう……」

半兵衛は読んだ。

「切腹……」

「左様。此以上、おぬしの手を煩《わずら》わせる迄もあるまい」

半兵衛は、慎之介に笑い掛けた。

「冗談じゃあねえ……」

刹那、進次郎は声を引き攣らせ、狡猾な本性を剝《む》き出《だ》しにして斬り掛かった。

半兵衛は、咄嗟に身体を捻って抜き打ちの一刀を放った。

砂利が弾け、草が千切れ飛んだ。

進次郎と半兵衛は、刀を握り締めて擦れ違った。

半兵衛は、残心《ざんしん》の構えを取った。

「冗談じゃあねえ……」

進次郎は、呆然とした面持ちで呟《つぶや》き、横倒しに斃《たお》れた。

半兵衛は、残心の構えを解いた。

「未だ子供だと思い、油断をした……」

半兵衛は恥じた。

「北島右京も泣いて詫び、不意に斬り掛かって来た」

慎之介は、斃れている進次郎を冷たく見下ろした。

「そうか……」

半兵衛は、慎之介が北島右京を斬り棄てた理由を知った。

「十七、八歳でも狡猾で強かな奴は幾らでもいる……」

半兵衛は苦笑した。

風が吹き抜け、明地の雑草は揺れた。


評定所は、北島右京、原田進次郎、大沢小五郎の悪行の一切を認めた。

北島右京は失踪したままであり、原田進次郎は役人に抗《あらが》って斬り棄てられたと始末された。そして、一人残った大沢小五郎は事実を証言した功で切腹は免れたが、士籍《しせき》を剝奪《はくだつ》された。

北島家、原田家、大沢家は、家中取締不行届で家禄を半減された。

半兵衛は、逃げた浪人の高柳と遊び人の巳之吉を捕らえた。

忠左衛門は、高柳と巳之吉を江戸払いの刑に処した。

原田進次郎を斬り棄てたのは半兵衛であり、慎之介が斬った二人の浪人は命に別状はなかった。

夏目慎之介は、北島右京を斬り棄てたと云ったが、見た者がいなければ、確かな証拠は何もない。

北島右京は、慎之介に斬られて大川に落ちて流れ去り、今頃は江戸湊《えどみなと》の何処かに沈んでいるのだ。

吟味方与力大久保忠左衛門は、夏目慎之介の罪を問わずに一件を始末した。

それで良いのだ……。

半兵衛は笑った。

世の中には、私たちが知らぬ顔をした方が良い事がある。

浪人の夏目慎之介は、妻の妙と生まれて来る筈だった我が子の一周忌を済ませ、江戸の片隅で静かに暮らし続ける。

第三話　隠密廻り

一

「おお、佑馬《ゆうま》ではないか……」

半兵衛は、北町奉行所内で隠密廻《おんみつまわ》り同心の黒木《くろき》佑馬に出逢った。

「此《これ》は半兵衛さん。お久し振りです。御変わりはありませんか……」

黒木佑馬は、久し振りに逢った半兵衛に笑顔で挨拶をした。

「うん。変わりはないよ。佑馬も変わりはないようだな」

「はい。お蔭さまで……」

「お母上も御新造《ごしんぞう》も達者か……」

「はい……」

佑馬は頷《うなず》いた。

「それは何より……」

　半兵衛は、黒木佑馬の父親清兵衛《せいべえ》と昵懇《じっこん》の間柄だった。そして、清兵衛が病で亡くなった後、倅《せがれ》の佑馬が跡を継いで隠密廻り同心になった。

　半兵衛は、黒木佑馬が少年の頃から知っていた。

　隠密廻り同心は二人おり、町奉行や与力の命を受けて隠密の探索をするのが役目だ。

「はい。ありがとうございます」

「うん、宜しくお伝えしてくれ」

「心得ました。では、此にて……」

「うん。気を付けてな」

「はい……」

　黒木佑馬は、半兵衛に深々と一礼して北町奉行所から出て行った。

　半兵衛は見送った。


　下谷広小路は賑わっていた。

　半兵衛は、半次や音次郎と神田明神、湯島天神を見廻り、下谷広小路にやって来た。

下谷広小路には、東叡山寛永寺と不忍池弁財天の参拝客や遊山《ゆさん》の客が行き交っていた。

半兵衛は、半次や音次郎と茶店の縁台に腰掛け、茶を飲みながら行き交う人々を眺《なが》めた。

参拝客……。

遊山の客……。

年寄り、若者、子供……。

男に女……。

武士、お店者、職人、行商人、遊び人、坊主……。

様々な者が行き交った。

「変わった事もありませんし、妙な奴もいませんね」

半次は茶を啜《すす》った。

「ああ。長閑《のどか》なものだ」

半兵衛は、茶を手にして行き交う人々を眺めた。

「喧嘩だ。喧嘩だ……」

人込みの向こうに男の叫び声があがった。

「旦那、親分……」

音次郎は勇《いさ》んだ。

「うん……」

半次は頷いた。

音次郎は、弾かれたように男の叫び声のあがった処《ところ》に走った。

半兵衛と半次は続いた。


上野元黒門町《うえのもとくろもんちよう》の裏通りに人が集まり、眉をひそめて数人の博奕打《ばくちう》ちたちの喧嘩を見ていた。

数人の博奕打ちたちは、罵《のの》り怒声《どせい》をあげて殴り蹴り、取っ組み合っていた。

音次郎は、集まっている人々の前に出た。

「何の喧嘩ですかい……」

音次郎は、近くにいた易者《えきしや》に尋ねた。

「さあて、出逢った途端に如何様《いかさま》だの賭場を荒らしただのと此《こ》の騒ぎだ」

易者は呆《あき》れた。

「博奕打ちの喧嘩ですか……」

音次郎は知った。

「ああ。傍迷惑《はためいわく》な話だよ」

易者は、腹立たし気に吐き棄てた。

「どうだ……」

半次と半兵衛がやって来た。

「はい。博奕打ち同士の喧嘩のようです」

音次郎は報《しら》せた。

「博奕打ち同士か……」

「はい……」

「ならば、遠慮は無用だ……」

半兵衛は苦笑した。

「はい……」

半次は頷き、十手《じって》を握って進み出て博奕打ちの一人を蹴り飛ばした。

「好い加減に止めるんだな」

半次は怒鳴り、喧嘩の止めに入った。

「煩《うる》せえ……」

博奕打ちたちは、半次の云う事を聞かずに喧嘩を止めなかった。
「手前ら、止めろと云ってんだろう」
音次郎は、博奕打ちたちの喧嘩に飛び込んで十手を振るった。
博奕打ちたちは叩きのめされた。
半次は、博奕打ちたちを殴り蹴飛ばした。
博奕打ちたちは逃げ去り、喧嘩は終わった。
半次と音次郎は、十手を懐《ふところ》に仕舞った。
「御苦労だったね」
半兵衛は、半次と音次郎を労《ねぎら》った。
見ていた人々は散り始めた。
半兵衛は、散り始めた人々の中に見覚えのある顔の浪人がいるのに気が付いた。
浪人は、町方の年増《としま》と一緒であり、何事か言葉を交わしながら立ち去って行った。
佑馬……。
町方の年増連れの浪人は、黒木佑馬だった。

佑馬と年増は、下谷広小路に去って行った。

半兵衛は見送った。

「旦那、何か……」

半次が、怪訝《けげん》な声を掛けて来た。

「いや。何でもない。じゃあ、浅草に廻ろうか……」

「はい……」

半兵衛は、半次と音次郎を伴って浅草に向かった。

年増連れの浪人は、間違いなく黒木佑馬だった。

おそらく佑馬は、隠密廻り同心として浪人に扮《ふん》して何かを探索しているのだ。

半兵衛は読んだ。

何を探索しているのか……。

半兵衛は、微《かす》かな興味を覚えた。

市中見廻りは何事もなく終わった。


柳の枝葉には朝露が光っていた。

神田川沿いの柳原通りには枝葉を揺らす柳並木があり、柳森稲荷があった。

半兵衛は、音次郎に誘《いざな》われて柳森稲荷の裏の神田川の河原に向かった。

神田川の河原には、半次が町役人《ちょうやくにん》たちと一緒にいた。

「御苦労さまです……」

半次と町役人たちは、半兵衛を迎えた。

「やあ。朝から御苦労さん、あれかい、仏さんは……」

半兵衛は、筵《むしろ》を掛けられた死体を示した。

「はい……」

半次は、半兵衛を死体の傍に誘い、掛けられた筵を捲《めく》った。

羽織を着た中年男の死体が現れた。

「仏さん、正面から袈裟《けさ》懸《が》けに斬られています」

半次は、死体の斬り裂かれた着物の胸元を示した。

「うん。見事な袈裟懸けだ。殺《や》ったのは侍に間違いあるまい……」

半兵衛は読んだ。

「やっぱり……」

「で、仏さんの身許は……」

「はい。浜町堀《はまちょうぼり》は元浜町《もとはまちょう》にある骨董屋《こっとうや》古今堂《ここんどう》の主のようです」

「元浜町の骨董屋の主……」

　半兵衛は眉をひそめた。

「はい。さっき、木戸番の茂平《もへい》さんが走りました。もう直ぐ誰か連れて来る筈です」

　半次は告げた。

「そうか。で、財布や金目の物は……」

「一両二朱入りの財布は、懐に入ったままでした」

「で、こんな処で斬られた。物取りじゃあないか……」

　半兵衛は、眼を細めて河原を見廻した。

「きっと、恨みか何かかも……」

　半次は読んだ。

「うん……」

　半兵衛は頷いた。


　柳森稲荷の裏の神田川の河原で見付かった死体は、やはり浜町堀は元浜町の骨董屋『古今堂』の主の吉五郎《きちごろう》だった。

木戸番の茂平に報されて来たお内儀は、死体を亭主の吉五郎だと認めた。

「斬ったのは侍だが、吉五郎、侍と何か揉《も》めていたとか、恨まれていたとかはなかったかな……」

半兵衛は尋ねた。

「さあ……」

お内儀は、吉五郎の骨董屋の商売に一切拘《かか》わっておらず、何も知らなかった。

「そうか。して、吉五郎、昨夜は何処《どこ》に出掛けたのかな……」

「はい。何でも骨董品の目利《めき》きの集まりがあると云《い》って出掛けましたが……」

「その目利きの集まり、何処で開かれたのだ」

「さあ……」

お内儀は、やはり何も知らなかった。

「半次……」

「はい。昨夜、目利きの集まりがあったかどうか、知り合いの骨董屋に当たってみます」

「うん。頼むよ」

「はい……」

半次は駆け去った。

「音次郎、元浜町に行き、骨董屋古今堂の吉五郎がどのような者だったか、聞き込みをな」

「合点です……」

音次郎は、浜町堀に走った。

半兵衛は、骨董屋『古今堂』のお内儀に主吉五郎の遺体の引き渡しを許した。


神田須田町《すだちょう》の裏通りにある骨董屋『真美堂《しんびどう》』には、様々な木像や置物、書画などの古い物が売られていた。

「昨夜、骨董品の目利きの集まりねえ……」

骨董屋『真美堂』の老主人の利平《りへい》は、尋ねた半次に訊き返した。

「ええ。御存知ありませんかい……」

半次は、昔から知っている骨董屋『真美堂』老主人の利平に尋ねていた。

「さあて、私の拘わっている骨董屋の目利きの集まり、昨夜はなかったけどね」

「そうですか……」

「半次の親分、骨董屋がどうかしたのかい」

利平は、半次を見詰めた。

「ええ。旦那、元浜町の古今堂って骨董屋を御存知ですか……」

半次は訊いた。

「元浜町の古今堂……」

「ええ。旦那は吉五郎って方です」

「元浜町の古今堂の吉五郎ねえ……」

利平は、白髪眉《しらがまゆ》をひそめた。

「ええ。御存知ありませんか……」

「うん。江戸の骨董屋で知らない店はないと思っていたが、元浜町の古今堂の吉五郎は知らないな……」

利平は苦笑した。

「利平の旦那が知らない……」

半次は、微かな戸惑いを覚えた。

「ああ。古今堂の吉五郎は知らないな。近頃、出来た店なのかい……」

「いえ。そうじゃあないと思いますが……」

半次は首を捻《ひね》った。

「そうか……」

「利平の旦那。出来ましたら、お仲間内にちょいと訊いてみちゃあ貰えませんか……」

半次は頼んだ。

「そいつは良いが、その古今堂の吉五郎さん、どうかしたのかい……」

「実は仏で見付かりましてね……」

半次は囁《ささや》いた。


浜町堀の流れは緩《ゆる》やかだった。

骨董屋『古今堂』は、元浜町の裏通りにあった。

音次郎は、雨戸を閉めたままの骨董屋『古今堂』を横目に聞き込みを開始した。

骨董屋『古今堂』は、店での商売より顧客の家に骨董品を持ち込む商いをしていた。

それ故、骨董屋『古今堂』の商売と主の吉五郎の人柄を詳しく知る近所の者は余りいなかった。

音次郎は、吉五郎を良く知る者を捜した。

「唐物《からもの》……」

半兵衛は眉をひそめた。

「はい。知り合いの骨董屋の旦那が同業者に訊いてくれたんですが、古今堂は骨董と云うより、主に唐物を扱っていたそうですよ」

半次は告げた。

唐物とは、唐天竺《からてんじく》や南蛮《なんばん》などの織物、宝石珊瑚《さんご》、玻璃《はり》の瓶子《へいじ》や皿、置物などを云い、吉五郎はそれらの唐物を顧客の処に持ち込んで商売をしていた。

「骨董屋と云うより唐物屋か……」

半兵衛は知った。

「はい……」

半次は頷いた。

「よし。じゃあ、先《ま》ずは此の界隈の唐物屋に吉五郎を知っている者がいないか、当たってみるか……」

半兵衛は、半次と共に唐物屋に向かった。

神田花房町《はなぶさちょう》は、神田川に架かっている筋違《すじかい》御門の北にある。

その神田花房町に唐物屋『南蛮堂《なんばんどう》』はあった。

「邪魔をするよ」

半兵衛と半次は、唐物屋『南蛮堂』を訪れた。

唐物屋『南蛮堂』は、『異国新渡奇品珍品物類』と書かれた看板を掲げ、唐天竺の織物や玻璃の瓶子や皿、置物などの品物を店内に飾っていた。

「此はお役人さま……」

番頭が帳場から出て来た。

「やあ。私は北町奉行所の白縫半兵衛、こっちは本湊の半次だ。ちょいと訊きたい事があってね」

半兵衛は、框《かまち》に腰掛けた。

「手前は南蛮堂の番頭平八《へいはち》にございます。幸吉《こうきち》、お茶をね。で、何でしょうか……」

番頭の平八は、小僧の幸吉に茶を持って来るように命じ、緊張を滲《にじ》ませた。

「うん。浜町堀は元浜町にある骨董屋古今堂と主の吉五郎を知っているかな

「……」

半兵衛は尋ねた。

「古今堂の吉五郎さんですか……」

「うん……」

「はい。存じておりますが……」

番頭の平八は、『古今堂』の吉五郎を知っていた。

「知っているか……」

「はい。時々、売り買いをしておりますので存じております」

「ならば、昨日、来なかったかな……」

「昨日ですか……」

「うん……」

「昨日はお見えになりませんでしたが……」

「そうか……」

平八は告げた。

半兵衛は頷いた。

「あの、吉五郎さんが何か……」

「うん。吉五郎、商売の方はどうだったのかな……」

「そりゃあ、お旗本や大店《おおだな》の御隠居さまなどの良い筋の御贔屓客《ごひいききやく》をお持ちになって、中々《なかなか》の商売上手にございますが……」

番頭は笑った。

「ほう。中々の商売上手か……」

半兵衛は知った。

「はい……」

番頭は頷いた。

「どうぞ……」

年増の女中が茶を持って来て、半兵衛と半次に差し出した。

「造作を掛けるね……」

半兵衛は、年増の女中に礼を述べた。

「いいえ……」

年増の女中は微笑んだ。

何処かで見た顔だ……。

半兵衛は、微笑む年増の女中の顔に見覚えがあった。

年増の女中は、半兵衛と半次、番頭の平八に茶を出して奥に戻って行った。

半兵衛は、茶を飲みながら見送った。

佑馬と一緒にいた年増……。

半兵衛は、不意に思い出した。

年増の女中は、博奕打ちの喧嘩があった時、浪人姿の黒木佑馬と一緒にいた年増だった。

半兵衛は気が付いた。

「で、白縫さま、親分さん、吉五郎さんがどうかしたのですか……」

平八は尋ねた。

「昨夜、柳森稲荷の裏で斬り殺されてね」

半兵衛は告げた。

「斬り殺された……」

平八は驚いた。

「ええ。それで番頭さん、古今堂の吉五郎さん、何処かの侍と揉めていたと云うような事はありませんでしたかね」

半次は訊いた。

「お侍と……」

平八は眉をひそめた。

「ええ……」

「さあ、そこ迄は存じませんが……」

「そうですか……」

「ならば平八、吉五郎を贔屓にしていた武家を知っているかな……」

半兵衛は訊いた。

「いいえ。吉五郎さんは御贔屓客を内緒にしておりましたから……」

平八は首を捻った。

「そうか、知らないか……」

「申し訳ございません」

平八は詫びた。

「いや。詫びるには及ばない。いろいろ助かったよ」

半兵衛は微笑んだ。

骨董屋『古今堂』吉五郎は、珍しい唐物を贔屓客の許に持ち込む商売をしていた。

「ひょっとしたら、贔屓客のお武家と持ち込んだ唐物の事で揉めて斬られたんですかね」

半次は読んだ。

「かもしれないが、先ずは武家の贔屓客だな」

「はい。じゃあ、あっしは元浜町の古今堂に帳簿か何かが残されていないか調べてみます」

半次は告げた。

「うん。そうしてくれ……」

半兵衛は頷いた。

「はい。じゃあ……」

半次は、元浜町に急いだ。

半兵衛は、足早に行く半次を見送り、唐物屋『南蛮堂』を振り返った。

黒木佑馬と一緒にいた年増は、唐物屋『南蛮堂』の女中だった。

もし、黒木佑馬が隠密の探索をしているとしたら、それは唐物屋『南蛮堂』が拘わっているのかもしれない。

半兵衛は、唐物屋『南蛮堂』を見詰めた。

唐物屋『南蛮堂』は、暖簾を微風に揺らしていた。

二

浜町堀には船の櫓《ろ》の軋《きし》みが響いていた。

半次は、浜町堀沿いの道から元浜町の裏通りに入った。

裏通りには様々な店があった。

半次は、骨董屋『古今堂』を探した。

「親分……」

音次郎が駆け寄って来た。

「おう。古今堂は何処だ……」

「あそこです。さっき、お内儀さんが町役人と仏さんを連れて帰って来ましたよ」

音次郎は、雨戸を閉めた店を示した。

「そうか。で、何か分かったか……」

「はい。古今堂は骨董屋と云うより、行商の唐物屋で珍しい唐物が手に入ったら馴染客《なじみきやく》の処に持ち込み、売っていたようです」

「そいつは俺たちも分かったんだが、馴染客の侍が分からなくてな。それで、帳簿を見せて貰おうと思って来た」

「そうですか、じゃあ……」

音次郎は、半次と共に骨董屋『古今堂』に向かった。


夕暮れ時。

唐物屋『南蛮堂』に客は途絶え、小僧の幸吉が店先の掃除をしていた。

半兵衛は見張った。

行き交う者の中に見覚えのある浪人がいた。

やはり現れた……。

半兵衛は、やって来る浪人を見守った。

浪人は、隠密廻り同心の黒木佑馬だった。

佑馬は、唐物屋『南蛮堂』の店先を掃除している小僧の幸吉に声を掛けた。

小僧の幸吉は、笑顔で佑馬を迎えた。

知り合いだ……。

半兵衛は知った。

佑馬は笑い、小僧の幸吉と何事か言葉を交わして唐物屋『南蛮堂』の裏手に続く路地に入って行った。

台所に廻るつもりだ……。

年増の女中に用があり、やって来たのかもしれない。

半兵衛は読み、掃除をしている小僧の幸吉に近付いた。

「やあ……」

半兵衛は、幸吉に笑い掛けた。

「は、はい……」

小僧の幸吉は緊張した。

「今、裏に廻った浪人、何て名前かな……」

「沢木蔵人《さわきくらんど》さまです」

幸吉は、緊張した面持ちで答えた。

「沢木蔵人……」

黒木佑馬は、〝沢木蔵人〟と云う偽名を使って唐物屋『南蛮堂』に近付いているのかもしれない。

「で、南蛮堂には何しに来たのかな……」

半兵衛は尋ねた。

「女中のおゆきさんに用があって来たんだと思います」

「女中のおゆき……」

半兵衛は、年増の女中の名が〝おゆき〟だと知った。

「はい。おゆきさんは病のおっ母さんと柿木《かきのき》長屋に住んでいましてね。沢木さまは隣の家ですから……」

おゆきと沢木は、同じ長屋に住んでいる隣人同士だった。

「だから沢木さま、病のおっ母さんに何か頼まれて来たのかもしれません」

「そうか。よし、私の事は誰にも内緒だ。いいね……」

半兵衛は、幸吉に笑い掛けた。

「は、はい……」

幸吉は、喉を鳴らして頷いた。

半兵衛は、唐物屋『南蛮堂』の店先から離れた。

隠密廻り同心の黒木佑馬は、沢木蔵人と云う名の浪人に扮し、通いの女中のおゆきを利用して唐物屋『南蛮堂』に近付き、何かを探っているのだ。

半兵衛は、黒木佑馬が隠密廻り同心の役目に就いているのを知った。

佑馬は唐物屋『南蛮堂』を秘かに探索している。それは、半兵衛の扱う骨董屋『古今堂』吉五郎殺しと拘わりがあるのかもしれない。

半兵衛は、夕陽に染まる唐物屋『南蛮堂』を眺めた。

刻が過ぎ、日が暮れた。

唐物屋『南蛮堂』は大戸を閉め、通いの奉公人たちが帰り始めた。

黒木佑馬こと沢木蔵人が、通いの女中のおゆきと唐物屋『南蛮堂』の路地から出て来て御成《おなり》街道に向かった。

半兵衛は、物陰から現れた。

佑馬とおゆきは、御成街道から下谷広小路に進んだ。

半兵衛は尾行《つけ》た。


不忍池には夜風が吹き抜けていた。

佑馬とおゆきは、下谷広小路の裏通りをゆっくりと進んだ。

二人だけの刻を楽しんでいる……。

半兵衛はそう思った。

佑馬とおゆきは、裏通りから池之端仲町に進んだ。そして、不忍池近くの長屋の木戸を潜った。

木戸の傍には柿の古木があった。

柿木長屋……。

半兵衛は、木戸の傍から柿木長屋を窺った。

佑馬とおゆきは、井戸端で別れてそれぞれの家に入って行った。

半兵衛は見届けた。


帳簿には、様々な贔屓客の名と売った品物が書かれていた。

半兵衛は、帳簿に眼を通した。

「贔屓客は旗本や大店の御隠居が多いですね」

半次は告げた。

「うん……」

半兵衛は眉をひそめた。

帳簿には、買った旗本の名が書かれているが、売った品物の書かれていない欄が処々あった。

「旦那、何か……」

半次は訊いた。

「うん。売った品物が書かれていない処があるね……」

「はい。それがどんな品物なのか、お内儀に訊いたんですが、お内儀、やっぱり分からないと……」

半次は苦笑した。

「そうか……」

売った唐物の品名が書かれていない欄は四行あり、買った者は何《いず》れも武士で旗本のようだった。

「四人とも旗本のようだな……」

「はい。お旗本の間で流行《はや》っている唐物でもあるんですかね……」

半次は眉をひそめた。

「さあて、そんな話は聞かないが……」

「そうですか、何ですかね……」

「何れにしろ、唐物にしてもかなり珍しい物だろうな」

半兵衛は読んだ。

四人の旗本が吉五郎から買った唐物は、同じなのか、それとも別々なのかは分からない。

唐物の品名を書き記してないのは、それが世間に知られてはならない物だからかもしれない。

世間に知られてはならない唐物……。

半兵衛は読み続けた。

ならば、抜《ぬ》け荷《に》でもした御禁制《ごきんせい》の唐物なのか……。

半兵衛は睨《にら》んだ。

骨董屋『古今堂』吉五郎は、抜け荷した御禁制の唐物を秘かに旗本たちに売っていたのかもしれない。

「半次。吉五郎殺し、ひょっとしたら抜け荷に拘わりがあるのかもしれないな」

「抜け荷にですか……」

半次は、驚きと戸惑いを浮かべた。

「それも、御禁制の唐物のな……」

半兵衛は頷いた。

「じゃあ、四人の旗本が買ったのは、抜け荷した御禁制の唐物だと……」

半次は、厳しさを滲ませた。

「うん。だから帳簿に書いていない……」

半兵衛は、帳簿の品物の欄に何も書かれていない理由を読んだ。

「成《な》る程《ほど》……」

半次は頷いた。

旗本たちが買った抜け荷した御禁制の唐物とは何か……。

半兵衛は、思いを巡らせた。

御禁制の唐物の抜け荷……。

隠密廻り同心の黒木佑馬は、抜け荷の探索の為に名を変えて唐物屋『南蛮堂』に近付いているのかもしれない。

半兵衛は、黒木佑馬の動きを読んだ。

唐物屋『南蛮堂』は、骨董屋『古今堂』吉五郎殺しに拘わりがあるのかもしれない。

となると、番頭の平八は知っているのに知らぬと惚《とぼ》けたのか……。

「半次、音次郎と引き続き吉五郎の売った唐物と足取りを追ってくれ。私はちょいと唐物屋南蛮堂を調べてみる……」

半兵衛は手筈《てはず》を決めた。

「承知しました」

半次は頷いた。

「もし、睨み通り抜け荷の御禁制の唐物が絡《から》んでいるとしたら、何が潜んでいるか分からない。くれぐれも気を付けてな」

半兵衛は、厳しい面持ちで命じた。

唐物屋『南蛮堂』の主は徳右衛門《とくえもん》、五十歳前後で恰幅《かっぷく》が良く、商売上手の遣り手だと評判の男だった。

半兵衛は、神田花房町の自身番を訪れた。

「唐物屋の南蛮堂さんですか……」

自身番の家主は眉をひそめた。

「うむ。商売はどうなのかな」

半兵衛は訊いた。

「そりゃあもう、御贔屓も多く、繁盛しているようですよ」

「そうか。して、主の徳右衛門だが、商売上手で遣り手だそうだが、他人を泣かすような真似はしていないのかな」

半兵衛は、家主を鋭く見据えた。

「さあ、それはいろいろと強引な処もあるでしょうから、多少は泣かしたり、恨まれたりしている事もあるかと……」

家主は言葉を濁《にご》した。

「そいつも商売か……」

半兵衛は苦笑した。

「えっ、ええ。だと思います……」

家主は、困惑した面持ちで頷いた。

「家族は……」

「後添《のちぞ》えの綾《あや》と云うお内儀さんと二人です」

「子供はいないのか……」

「亡くなった先妻との間に出来たお嬢さんは、既に嫁《とつ》いでいます」

「ならば、奉公人だが、番頭の平八の他にどのような者がいるのだ」

「は、はい……」

店番は、慌てて町内名簿を捲《めく》った。

「あの、番頭の平八さんは通いの番頭さんでして、住み込みの奉公人は手代が二人と小僧が一人、女中が二人。後は通いの下男と女中が二人います」

「そうか……」

通いの女中の一人がおゆきだ……。

半兵衛は頷いた。

「ああ。それから、お内儀の弟の相良源十郎《さがらげんじゅうろう》って浪人が居候《いそうろう》しています」

店番は告げた。

「お内儀の弟の相良源十郎……」

半兵衛は訊き返した。

「はい。時々、旦那の徳右衛門さんの用心棒のような事をしているそうですよ」

「用心棒って、徳右衛門、何か危ない商売もしているのか……」

半兵衛は眉をひそめた。

「さあ、良く知りません……」

店番は、慌てて首を横に振った。

「そうか……」

半兵衛は苦笑した。

神田川に架かる筋違御門傍の船着場には荷船が着き、番頭の平八の指図で手代と下男たちが木箱を下ろし、唐物屋『南蛮堂』に運び込んでいた。

新しい唐物が着いたのだ。

半兵衛は見守った。

やがて、荷下ろしは終わり、荷船は神田川を戻って行った。

下男と小僧が店先の掃除をした。

僅かな刻が過ぎた。

唐物屋『南蛮堂』から羽織姿の五十歳前後の男が風呂敷包みを持って出て来た。

主の徳右衛門だ……。

そして、着流しの浪人が続いて出て来た。

お内儀の弟の相良源十郎……。

半兵衛は睨んだ。

徳右衛門は、相良源十郎を伴って神田川沿いの道を昌平橋に向かった。

半兵衛は尾行しようとした。

その時、筋違御門の欄干《らんかん》の陰から塗笠を目深に被った浪人が現れ、徳右衛門と相良源十郎を追った。

黒木佑馬……。

半兵衛は気付いた。

佑馬は、塗笠を目深に被って徳右衛門と相良源十郎を慎重に尾行た。

半兵衛は追った。

神田川の流れは煌《きら》めいた。

唐物屋『南蛮堂』徳右衛門は、浪人の相良源十郎と神田川に架かっている昌平橋を渡り、淡路坂《あわじざか》に進んだ。

淡路坂は駿河台《するがだい》などの旗本屋敷街に続く道であり、昼間でも行き交う者は少なかった。

徳右衛門と相良は、淡路坂を上がった。

淡路坂は南側に旗本や大名の屋敷が連なり、北側には神田川の土手と流れがある。

徳右衛門と相良は、駿河台に住んでいる旗本の屋敷に行くのか……。

半兵衛は、徳右衛門と相良、そして佑馬を追った。
淡路坂に行き交う人はいなかった。
徳右衛門と相良は、神田川の土手にある太田姫稲荷《おおたひめいなり》に差し掛かった。
太田姫稲荷から食詰《くいつ》め浪人たちが現れ、徳右衛門と相良を取り囲んだ。
相良は、素早く徳右衛門を庇《かば》って食詰め浪人たちと対峙《たいじ》した。
「何だ、おぬしたちは……」
相良は、刀の柄《つか》を握った。
「その風呂敷包みを渡して貰おうか……」
食詰め浪人の頭《かしら》は、徳右衛門の抱えている風呂敷包みを見詰めた。
徳右衛門は、風呂敷包みを抱え直した。
食詰め浪人の頭は、相良に猛然と斬り掛かった。
相良は、咄嗟《とっさ》に斬り結んだ。
残る二人の食詰め浪人は、風呂敷包みを狙って徳右衛門に襲い掛かった。
徳右衛門は必死に抗《あらが》った。
相良は、徳右衛門の許に駆け寄ろうとした。

刹那《せつな》、食詰め浪人の頭が刀を横薙《よこな》ぎに一閃《いっせん》した。

相良は腰を斬られ、血を飛ばして倒れた。

食詰め浪人の頭は、二人の浪人と争っている徳右衛門の許に向かった。

どうする……。

半兵衛は、食詰め浪人たちに抗う徳右衛門と倒れた相良を見ている佑馬を窺った。

佑馬は動いた。

三人の食詰め浪人に襲われている徳右衛門の許に走り、猛然と飛び込んだ。

佑馬は、三人の食詰め浪人を叩きのめした。

食詰め浪人たちは、狼狽《うろた》えながら神田八ツ小路に逃げた。

「怪我はないか、徳右衛門の旦那……」

佑馬は、塗笠をあげて顔を見せた。

「沢木さん……」

徳右衛門は、通いの女中おゆきの知り合いの浪人の沢木蔵人だと気が付いた。

「うん……」

佑馬は、腰から血を流して踠《もが》いている相良に駆け寄った。

半兵衛は見守った。

佑馬は、沢木蔵人として唐物屋『南蛮堂』徳右衛門と相良源十郎を助けた。

徳右衛門と相良源十郎を襲った食詰め浪人たちは、佑馬が金で雇った者たちなのかもしれない。

何れにしろ、浪人の沢木蔵人が唐物屋『南蛮堂』徳右衛門の懐に飛び込んだのは間違いない。

それは、御禁制の唐物品の抜け荷の探索の為なのか……。

半兵衛は、佑馬の動きを読んだ。


沢木蔵人は、腰を斬られた相良源十郎を医者に担ぎ込んだ。

相良の腰の傷は、命に拘わるものではなかった。だが、徳右衛門の用心棒仕事は出来なくなった。

沢木蔵人は、相良源十郎に代わって徳右衛門の用心棒に雇われた。

狙い通りか……。

半兵衛は苦笑した。

三

骨董屋『古今堂』吉五郎は、殺された日に浅草三味線堀《しやみせんぼり》の旗本の桑原図書《くわばらずしよ》の屋敷を訪れていた。

半次と音次郎は、売った品物が何か書いていない四人の旗本家を探り、吉五郎の殺された日の動きを知った。

三味線堀は大名旗本の屋敷に囲まれ、船着場に繋《つな》がれた猪牙舟《ちよきぶね》が揺れていた。

桑原図書は千五百石取りの旗本であり、三味線堀の北側に屋敷があった。

半次と音次郎は、近所の大名旗本屋敷の中間や小者に聞き込みを掛けた。

「桑原さまのお屋敷ですか……」

近くの旗本屋敷の中間《ちゆうげん》は眉をひそめた。

「ええ。桑原さま、骨董や唐物がお好きな好事家《こうずか》だと聞いたけど、本当ですかい」

半次は訊いた。

「そんな話、桑原さまの処の下男の与平《よへい》さんが良くしていましたよ」

中間は頷いた。

「やっぱり……」

「出入りを許されている骨董屋が訳の分からない物を持ち込むそうですぜ」

中間は笑った。

「へえ、訳の分からない物ですか……」

「ああ。与平さんの話じゃあ、近頃は図書さまより、若さまの京之介《きようのすけ》さまが贔屓にされているとか……」

「若さまの京之介さまですか……」

「ええ。学問や剣術は半人前だが、飲む打つ買うは一人前って若さまでしてね。此の前も骨董屋と出掛けたりしていましたよ」

中間は告げた。

「若さまが骨董屋と……」

音次郎は眉をひそめた。

「そいつは、いつの話ですかい……」

半次は尋ねた。

「確か三日前だったと思いますぜ……」

中間は、思い出すように告げた。

吉五郎が殺された日だ……。

「親分……」

音次郎は緊張した。

「ああ。吉五郎、殺された日、桑原京之介と出掛けていたんだ」

半次は、厳しさを滲ませた。


沢木蔵人は、唐物屋『南蛮堂』の主徳右衛門の用心棒に雇われた。そして、御贔屓先を廻る徳右衛門のお供をした。

徳右衛門は、旗本や大店の隠居の数寄者《すきもの》に唐物の色絵付き目録を見せて注文を受け、長崎などから取り寄せて高値で売っていた。

宝石や珊瑚、織物、玻璃の瓶子や大皿……。

徳右衛門は、評判通りの商売上手だった。

朝、沢木蔵人は女中奉公のおゆきと柿木長屋から唐物屋『南蛮堂』に通い、夜は一緒に帰って来た。

徳右衛門と綾、そして番頭の平八たち店の者は、沢木蔵人とおゆきを夫婦として扱うようになった。

おゆきは喜び、女中仕事に精を出して働いた。

「そうか。吉五郎は殺された日、旗本桑原図書さまの倅の京之介と一緒に出掛けていたか……」

半兵衛は、半次の報せを受けた。

「はい。桑原図書さまが吉五郎から買われた何か分からない唐物は、おそらく若さまの京之介が買った物だと思われます」

半次は告げた。

「若さまの京之介か……」

「はい。学問や剣術は半人前で、飲む打つ買うは一人前って評判の十八歳です」

「桑原京之介か……」

半兵衛は眉をひそめた。

「はい。音次郎が見張っています」

「うん。半次、分からないのは、京之介が吉五郎からどんな唐物を買ったかだ……」

「はい。ひょっとしたら、その唐物が吉五郎の命取りになったのかもしれません」

半次は読んだ。

「半次、きっとお前の睨み通りだろうな」

半兵衛は、小さな笑みを浮かべて頷いた。

「で、旦那、南蛮堂の抜け荷の方はどうですか……」

半次は尋ねた。

「そいつなんだがな半次、お前、黒木佑馬を知っているな……」

「黒木佑馬さんって隠密廻りの……」

半次は、黒木佑馬と逢った事があった。だが、その役目上、何処かで逢っても、挨拶をする事はなかった。

「うん……」

「はい。知っていますが……」

半次は、戸惑いを浮かべた。

「その黒木佑馬が南蛮堂に潜り込んでいる」

半兵衛は告げた。

「えっ……」

「南蛮堂は御禁制の唐物を抜け荷しているのは間違いあるまい。そして、黒木佑馬はその確かな証拠を摑《つか》もうとしているのだろう」

半兵衛は睨んだ。

「そうですか、黒木の旦那が……」

半次は、戸惑いを浮かべた。

「うむ。半次、此奴《こいつ》はちょいと面倒な事になりそうだ……」

半兵衛は眉をひそめた。


三味線堀に小波《さざなみ》が走った。

音次郎は、桑原屋敷を見張っていた。

桑原屋敷から若い侍が出て来た。

若さまの京之介……。

音次郎は、出て来た若い侍を桑原京之介だと見定めた。

京之介は、新寺町《しんてらまち》に向かった。

音次郎は追った。

桑原京之介は、新寺町の手前の道を下谷広小路に向かった。そして、下谷広小路から不忍池の畔の仁王門前町《におうもんぜんちょう》に進んだ。

その足取りに迷いはなかった。

此のまま行けば谷中だ……。

谷中には、賭場があれば女郎屋もある。

京之介には通い慣れた道なのだ。

餓鬼の癖に……。

音次郎は、腹立たしさを覚えた。

陽は西の空に沈み始め、不忍池の水面に映えた。

日が暮れた。

神田川を行く船は船行燈《ふなあんどん》を灯した。

唐物屋『南蛮堂』は大戸を閉め、番頭の平八たち通いの奉公人は帰り始めた。

半兵衛は見守った。

沢木蔵人とおゆきが、唐物屋『南蛮堂』の路地から出て来た。

おゆきは、沢木に寄り添って楽し気に話をしながら池之端仲町に向かった。

半兵衛は見送った。
佑馬とおゆきの仲は、今迄以上に深くなっている。
此のまま行くとどうなるのだ……。
半兵衛は、微かな不安を覚えた。

谷中の寺の賭場は、男たちの熱気と煙草《たばこ》の煙に満ちていた。
盆茣蓙《ぼんござ》を囲む男たちの端には、桑原京之介がいた。
音次郎は、次の間で茶碗酒を嘗《な》めながら見守った。
京之介は、駒札《こまふだ》を張り続け、勝ち負けを繰り返していた。
刻は過ぎた。
京之介は負け始めた。
負けは続き、その顔には焦りと苛立ちが溢《あふ》れた。
音次郎は見守った。
京之介は、負け続けた。
「半《はん》……」
京之介は、最後の駒札を半の目に張った。

「勝負……」

壺《つぼ》が開かれた。

二つの賽子《さいころ》は、二、六の丁《ちょう》だった。

「如何様《いかさま》だ……」

京之介は怒鳴り、立ち上がった。

「何だと……」

博奕打ちたちが京之介を素早く取り囲み、客たちが慌てて盆茣蓙から退《しりぞ》いた。

音次郎は見守った。

「何だい、お前さん、うちの賭場が如何様を働いているってのかい……」

博奕打ちの貸元《かしもと》は苦笑した。

「ああ。如何様だ。如何様に間違いない……」

京之介は、必死に声を震わせた。

「手前、何が如何様だと抜《ぬ》かすんだい……」

貸元は、京之介を厳しく見据えた。

博奕打ちたちは、京之介を取り囲んだ輪を縮めた。

京之介は、怯《おび》えを滲ませて後退《あとずさ》りした。

背後にいた博奕打ちが、後退りした京之介の背を突き飛ばした。
京之介は、前のめりによろめいた。
「おう。どうした、どうした……」
前にいた博奕打ちは、嘲笑《あざわら》いながら京之介を突き飛ばした。
京之介は、尚もよろめいた。
博奕打ちたちは、よろめく京之介を嘲笑って弄《もてあそ》んだ。
「止めろ。止めてくれ……」
京之介は、突き飛ばされながら叫んだ。
博奕打ちたちは嘲笑い、京之介を執拗《しつよう》に突き飛ばし続けた。
此のままでは、弄ばれた挙句《あげく》に簀巻《すま》きにされてしまう。
音次郎は眉をひそめた。
どうする……。
音次郎は、京之介を賭場から連れ出す手立てを思案した。
刹那、銃声が響いた。
博奕打ちたちが仰《の》け反《ぞ》り、凍《い》て付《つ》いた。
音次郎は京之介を見た。

京之介は、その手に握る連発銃を小刻みに震わせていた。

音次郎は戸惑った。

「野郎……」

貸元は、京之介の握り締める連発銃を取り上げようと手を伸ばした。

「止めてくれ……」

京之介は叫び、連発銃の引鉄《ひきがね》を引いた。

銃口が火を噴き、貸元は背後に大きく弾き飛ばされた。

賭場に銃声の響きが残った。

弾き飛ばされた貸元は、胸元を血に染めて死んでいた。

博奕打ちたちは、呆然とした面持ちで貸元の死体を見詰めた。

京之介は、震える手の連発銃と貸元の死体を恐ろし気に見比べ、後退りして身を翻《ひるがえ》した。

燭台《しよくだい》が盆茣蓙に蹴り倒された。

盆茣蓙に火が燃え移った。

「火を消せ……」

博奕打ちたちは狼狽え、慌てて火を消し始めた。

音次郎は、京之介を慌てて追った。

音次郎は、寺の裏門から駆け出して来た。

寺の裏道は暗く、京之介の姿は既に何処にも見えなかった。

音次郎は、辺りに京之介を捜した。


「桑原京之介が短筒《たんづつ》を持っていた……」

半兵衛は眉をひそめた。

「はい。懐からいきなり出して撃ったんです。それも二発続けて……」

音次郎は、戸惑いを浮かべて告げた。

「旦那……」

「うむ。懐からいきなり出して、二発続けて撃ったのか……」

半兵衛は、厳しい面持ちで念を押した。

「はい……」

音次郎は頷いた。

「旦那、本当に短筒ですかね」

短筒なら火縄がいるので懐に入れて長い刻を過ごす事は出来ないし、二発続けて撃つのも無理だ。

「ああ。南蛮には火縄いらずの連発銃があるそうだ……」

半兵衛は読んだ。

「じゃあ、京之介は南蛮渡りの連発銃を持っていたんですか……」

半次は眉をひそめた。

「きっとな。半次、音次郎、吉五郎が京之介に売った唐物、おそらく南蛮渡りの連発銃だな」

半兵衛は睨んだ。

「じゃあ、そいつが古今堂の抜け荷の唐物ですか……」

半次は読んだ。

「おそらくな……」

半兵衛は頷いた。

「で、音次郎、京之介はどうした……」

「はい。賭場から逃げ出したので、慌てて追ったんですが……」

「逃げられたかい……」

「はい。それで、三味線堀の屋敷に走ったのですが……」

音次郎は、悔し気に顔を歪《ゆが》めた。

「屋敷に戻ったかどうかは、分からないか……」

「はい……」

音次郎は頷いた。

「よし。半次、音次郎と一緒に三味線堀の桑原屋敷を見張り、京之介の居所を見定めろ」

「承知……」

「吉五郎は、おそらく連発銃絡みで殺されたんだろう」

半兵衛は読んだ。

「はい……」

「こうなると、唐物屋南蛮堂が抜け荷している御禁制の唐物は、連発銃なのかもしれないな……」

半兵衛は睨んだ。

そして、隠密廻り同心の黒木佑馬は、南蛮渡りの連発銃の探索をしているのだ。

半兵衛は知った。

半次と音次郎は、三味線堀の桑原屋敷に急いだ。
半兵衛は、唐物屋『南蛮堂』に向かった。

唐物屋『南蛮堂』は、いつもと変わらぬ商売をしていた。
半兵衛は、神田川に架かっている筋違御門の袂から見張った。
僅かな刻が過ぎ、『南蛮堂』から主の徳右衛門と黒木佑馬が出て来た。
徳右衛門は風呂敷包みを抱え、用心棒の沢木蔵人を伴って出掛けるのだ。
よし……。
半兵衛は、出掛ける徳右衛門と黒木佑馬を尾行た。
徳右衛門と佑馬は、昌平橋を渡って神田八ツ小路から淡路坂に向かった。
淡路坂には神田川からの風が吹き抜けていた。
徳右衛門と黒木佑馬は、淡路坂を上がった。
淡路坂は、徳右衛門が食詰め浪人たちに襲われ、用心棒の相良源十郎が斬られた処だ。

佑馬は、徳右衛門を先導して淡路坂を上がった。

半兵衛は、充分に距離を取って追った。

佑馬の足取りには、警戒する様子は窺えなかった。

睨み通りだ……。

佑馬は、食詰め浪人が再び現れるとは思っていないのだ。

それは、食詰め浪人の襲撃が佑馬の仕組んだ事に他ならないからだ。

邪魔な相良源十郎を排除し、徳右衛門に近付く為だ。

隠密廻り同心は、探索を上首尾《じょうしゅび》に終わらせ、己の命を護《まも》る為には手立ては選ばない。

女中のおゆきに近付いたのは、その手立ての一つに過ぎないのだ。

隠密廻り同心は、探索の為に他人を泣かす事のある役目なのだ。

厳しい役目だ……。

半兵衛は、黒木佑馬に同情した。

徳右衛門と佑馬は、太田姫稲荷の前を通って突き当たりを南に曲がった。そして、一軒の旗本屋敷の前で立ち止まった。

徳右衛門は、佑馬に何事かを告げて旗本屋敷の潜り戸を叩いた。

潜り戸が開き、徳右衛門は佑馬を残して旗本屋敷に入った。

潜り戸は閉められた。

佑馬は見送り、踵《きびす》を返して立ち止まった。

半兵衛が佇《たたず》んでいた。

「半兵衛さん……」

佑馬は、戸惑いを浮かべた。

「やあ……」

半兵衛は微笑んだ。


土手の林からは、徳右衛門が訪れた旗本屋敷の表門が見通せた。

「元浜町にある骨董屋の吉五郎殺しの探索でね……」

「吉五郎殺しですか……」

佑馬は知っていた。

「ああ。吉五郎、南蛮堂にも出入りをしていてね……」

「それで、何か分かりましたか……」

「うん。吉五郎、御禁制の唐物品を贔屓客に秘かに売り捌《さば》いていた」

「御禁制の唐物品……」

「ああ。佑馬、お前もその探索だね……」

「はい……」

佑馬は頷いた。

半兵衛は尋ねた。

「南蛮堂の徳右衛門が扱っている御禁制の唐物品、南蛮渡りの連発銃かい」

「半兵衛さん……」

佑馬は、その顔に緊張を浮かべた。

「吉五郎が殺された日に逢っていた旗本の馬鹿息子が、昨夜、賭場で連発銃を撃ってね」

「旗本の馬鹿息子が……」

「ああ。おそらく吉五郎から買った物だ」

半兵衛は苦笑した。

「そうでしたか……」

佑馬は頷いた。

「今、半次たちが旗本の馬鹿息子を追っている。身柄を押さえ、責めれば出処《でどころ》も辿《たど》れるだろう。そうすれば……」

「骨董屋の吉五郎が誰にどうして殺されたのか分かり、半兵衛さんの役目は終わるかもしれません……」

「佑馬……」

「私は、唐物屋南蛮堂徳右衛門が連発銃を秘かに江戸に持ち込んでいる確かな証拠を摑み、持ち込む仕組みを潰すのが役目なんです」

佑馬は小さく笑った。

「佑馬、そいつは百も承知だ。だからと云って他人を騙《だま》し、泣かせて良いとは云えない」

半兵衛は、淋し気に告げた。

「半兵衛さん……」

佑馬は眉をひそめた。

旗本屋敷の潜り戸が開いた。

「此迄《これまで》です……」

佑馬は気付き、旗本屋敷に急いだ。

半兵衛は、木陰に身を隠した。

佑馬は、旗本屋敷から出て来た徳右衛門と淡路坂を下って行った。

半兵衛は追った。

四

三味線堀の桑原屋敷に出入りする者はいなかった。

半次と音次郎は、桑原屋敷に来て直ぐに京之介がいるかどうか確かめた。

桑原屋敷に雇われている渡り中間は、半次に渡された小粒《こつぶ》を握り締めた。

「京之介さまなら、昨夜遅くに帰って来ていますぜ……」

「じゃあ、今はいるんだな」

「ええ。未だ寝ているんじゃあないですか……」

渡り中間は苦笑した。

「そうか……」

半次は、京之介が屋敷にいるのを知った。

刻が過ぎた。

半次と音次郎は、向かい側の出羽《でわ》国久保田《くぼた》藩江戸上屋敷の中間頭に金を握らせ、中間長屋の一室から桑原屋敷を見張った。

京之介は、容易に動かなかった。

半次と音次郎は、辛抱強く見張り続けた。

刻が過ぎた。

「親分……」

中間長屋の一室の窓辺にいた音次郎が、半次を呼んだ。

半次は、素早く音次郎のいる窓辺に寄った。

桑原屋敷の潜り戸から京之介が現れた。

「音次郎……」

半次は、音次郎を促して久保田藩江戸上屋敷の中間長屋を出た。

桑原京之介は、三味線堀と反対側の下谷七軒町《しちけんちょう》の通りに出て新寺町に進んだ。

半次と音次郎は尾行た。

「京之介の野郎、懐に連発銃を飲んでいるんですかね」

音次郎は、京之介の後ろ姿を見詰めた。

「きっとな。腕に覚えのない野郎だ。連発銃を頼りにするしかないさ……」

半次は、嘲りを浮かべて読んだ。

「そりゃあそうですね……」

音次郎は頷いた。

京之介は、新寺町の通りから新堀川《しんぼりがわ》を渡って東本願寺《ひがしほんがんじ》に向かった。

半次と音次郎は追った。


浅草広小路は賑わっていた。

京之介は、浅草広小路の賑わいを抜けて大川に架かっている吾妻橋《あづまばし》に進んだ。

「野郎、本所の賭場にでも行くんですかね」

音次郎は読んだ。

「それとも花川戸《はなかわど》か今戸《いまど》かもな……」

半次は苦笑した。

京之介は、吾妻橋の手前を花川戸町に曲がった。

「親分、此奴は花川戸か今戸の賭場ですね」

「ああ……」

半次と音次郎は、京之介を尾行た。

唐物屋『南蛮堂』徳右衛門は、用心棒の沢木蔵人を伴って大川に架かっている両国橋を渡った。

半兵衛は尾行た。

徳右衛門は、沢木蔵人を従えて本所に入り、駒留橋《こまどめばし》を渡って大川沿いの道を北本所に進んだ。

何処に行くのだ……。

半兵衛は、慎重に追った。

徳右衛門と沢木は、横網町《よこあみちよう》を抜けて御竹蔵《おたけぐら》前の大名屋敷の連なりに進んだ。そして、連なる大名屋敷の一つに入った。

半兵衛は見届けた。

何処の大名の屋敷だ……。

半兵衛は、徳右衛門と沢木の入った大名屋敷が何処の藩のものか調べた。

大名屋敷は、肥前《ひぜん》国平戸《ひらど》新田《しんでん》藩の江戸上屋敷だった。

肥前国平戸新田藩は、平戸藩の支藩で一万石の大名家だ。

唐物屋『南蛮堂』は、様々な唐物品を平戸新田藩を通じて仕入れているのかもしれない。そして、仕入れている唐物の中には、おそらく御禁制の物もある筈だ。

半兵衛は睨んだ。

隠密廻り同心の黒木佑馬は、唐物屋『南蛮堂』の御禁制の唐物品の仕入れの仕組みに辿り着いたのだ。

佑馬はどうする……。

その確かな証拠を摑み、探索を命じた北町奉行か与力に報せ、御禁制の唐物品の仕入れの仕組みを潰し、姿を消すのだ。

浪人の沢木蔵人は、此の世から忽然《こつぜん》と消えてしまう。

何にも知らないおゆきを残して……。

半兵衛は、暗澹《あんたん》たる思いに駆られた。


浅草花川戸町と今戸町は、隅田川沿いに続いている。

桑原京之介は、山谷堀《さんやぼり》に架かっている今戸橋を渡り、今戸町に進んだ。

半次と音次郎は追った。

京之介は、今戸町に入って裏通りに進んだ。

裏通りには小さな寺が並び、人通りは少なかった。

「京之介の野郎、何処の賭場に行くつもりなのか……」

音次郎は苛立った。

「懲《こ》りない奴だな……」

半次は苦笑した。

京之介は進み、裏通りの外れにある小さな古寺に向かった。

派手な半纏を着た男と浪人たちが、小さな古寺から出て来た。

「あっ、野郎……」

派手な半纏を着た男の一人が、京之介を見て血相を変えた。

京之介は立《た》ち竦《すく》んだ。

半次と音次郎は、素早く物陰に隠れた。

「賭場荒らしだ。昨夜、谷中の紋蔵《もんぞう》の貸元を撃ち殺し、賭場を荒らした野郎だ」

派手な半纏を着た男の一人は、京之介を指差して怒声をあげた。

派手な半纏を着た男と浪人たちは、京之介に殺到した。

京之介は、慌てて懐から連発銃を取り出そうとした。

浪人の一人が、咄嗟に抜き打ちの一刀を放った。

京之介の連発銃を取り出そうとした腕が斬られ、血が飛んだ。

京之介は、悲鳴を上げて倒れた。

「野郎……」

派手な半纏を着た男たちは、斬られた腕を押さえて倒れている京之介に殺到して殴り蹴った。

京之介は、悲鳴を上げてのた打ち廻った。

「親分……」

音次郎は、半次に指示を仰いだ。

「騒ぎ立てろ……」

半次は、呼《よ》び子笛《こぶえ》を吹き鳴らした。

「人殺し、人殺しだ……」

音次郎は怒鳴り、騒ぎ立てた。

並ぶ寺から坊主や寺男、墓参りの者たちが次々に出て来た。

「くそ……」

派手な半纏を着た男と浪人たちは、腹立たし気に逃げ去った。

半次と音次郎は、頭を抱えて倒れている京之介に駆け寄った。

京之介は、血の流れる腕で頭を抱えて気を失っていた。

「気を失っていますぜ」

音次郎は、京之介の様子を見て苦笑した。

「うん……」

半次は、素早く京之介の懐を検《あらた》めて連発銃を取り出した。

「親分……」

音次郎は緊張した。

「うん。医者に担ぎ込むぜ」

半次は、連発銃を懐に入れて告げた。


大川には様々な船が行き交った。

半刻（一時間）程が過ぎた。

平戸新田藩江戸上屋敷の潜り戸が開いた。

半兵衛は、物陰に身を潜めた。

徳右衛門と沢木蔵人が、若い家来に見送られて潜り戸から出て来た。

徳右衛門と沢木は、大川沿いの道を両国橋に向かった。

神田花房町の唐物屋『南蛮堂』に帰る……。

半兵衛は読み、尾行した。

徳右衛門と沢木は、多くの人の行き交う両国橋を両国広小路に向かった。

佑馬はどうする……。

唐物屋『南蛮堂』徳右衛門の御禁制の唐物品の仕入れ先が分かった限り、此以上の隠密探索をする必要はなくなった。

浪人の沢木蔵人にもう用はない……。

半兵衛は、徳右衛門と一緒に行く沢木蔵人こと黒木佑馬の後ろ姿を見詰めた。

半兵衛は、佑馬の後ろ姿に迷いと躊躇《ためら》いを感じた。


徳右衛門と沢木蔵人は、唐物屋『南蛮堂』に帰った。

半兵衛は見送った。

「半兵衛の旦那……」

音次郎が現れた。

「おお、京之介がどうかしたか……」

「はい。懲りずに今戸の賭場に行きましてね。そうしたら、昨夜、谷中の賭場にいた博奕打ちとばったり出逢いましてね。袋叩きにされたのを助けました」

「ほう。それはそれは……」

半兵衛は苦笑した。

「で、親分が連発銃を取り上げましたよ」

音次郎は笑った。

「そいつは良い。して、京之介は……」

「京之介は自分は旗本で町方に捕らえられる謂《いわ》れはないと喚《わめ》きましたが、親分が御禁制の品物を持った不審な浪人だとして、大番屋に引き立てました」

「流石《さすが》は半次、上出来だ。大番屋に行くよ」

半兵衛は、音次郎を従えて大番屋に急いだ。

唐物屋『南蛮堂』から黒木佑馬が出て来た。そして、立ち去って行く半兵衛と音次郎を見送った。

半兵衛さん……。

佑馬は、厳しい面持ちで見送った。

「蔵人さん……」

裏に続く路地からおゆきが出て来た。

「どうした……」

佑馬は、沢木蔵人としての笑顔を作った。

「お内儀さまが、おっ母さんのお見舞いだって高麗人参《こうらいにんじん》をくれました」

おゆきは、嬉しそうに紙袋に入った高麗人参を見せた。

「よし。旦那は今日、もう出掛けないので御役御免《おやくごめん》だ。俺が一足先に柿木長屋に帰って、おっ母さんに煎《せん》じて飲ませるか……」

佑馬は笑った。

「そうしてくれる……」

おゆきは、嬉し気に高麗人参を佑馬に渡した。

「うむ……」

「じゃあ、お願い……」

おゆきは、佑馬に笑顔を見せて路地に入って行った。

佑馬は、おゆきを見送った。

そして、苦しさと寂しさに顔を歪《ゆが》めた。

大番屋の詮議場は薄暗く、床や壁は冷たかった。

半兵衛は、桑原京之介を浪人として詮議場に引き据えた。

「俺は旗本だ。このような処に引き据えられる謂れはない……」

京之介は声を震わせた。

「ならば、上様御直参《ごじきさん》の旗本が博奕打ちや浪人に無様《ぶざま》に袋叩きにされたってのかい……」

半兵衛は嘲笑った。

「あ、相手は大勢、致し方ない……」

京之介は、懸命に云い繕った。

「じゃあ、此奴《こいつ》は何なんだ……」

半兵衛は、連発銃を出して見せた。

「そ、それは……」

京之介は、緊張に嗄《しやが》れ声を引《ひ》き攣《つ》らせた。

「お前が持っていた御禁制の連発銃だ。昨夜、此奴で谷中の賭場の貸元紋蔵を撃ち殺したな」

半兵衛は、京之介を厳しく見据えた。

「し、知らぬ……」

京之介は、激しく震え出した。

「旗本の倅が御禁制の連発銃を持ち歩き、賭場の貸元を殺したとなれば、父親は切腹、先祖代々の家は取り潰しだ。それでも旗本だと云い張るのかな……」

半兵衛は苦笑した。

「えっ……」

京之介は、己の置かれた厳しい立場に気が付いた。

「それとも、既に勘当《かんどう》された浪人になり、父親や家に累《るい》を及ぼさないかだ。ま、どちらか好きな方を選ぶんだな」

半兵衛は、京之介に笑い掛けた。

京之介は、事の重大さに気が付いて啜り泣き始めた。

「桑原京之介、此の連発銃、骨董屋古今堂の吉五郎から買ったのだな」

「はい……」

京之介は、啜り泣きながら頷いた。

「で、そいつを隠す為に吉五郎を斬ったのだな……」

半兵衛は鎌《かま》を掛けた。

「ち、違います。吉五郎は俺と酒を飲んでいた時、南蛮堂って唐物屋の用心棒に呼ばれて飲み屋から出て行って、次の日……」

京之介は眉をひそめた。

「柳森稲荷の裏の河原で死体で見付かったのか……」

半兵衛は読んだ。

「はい……」

京之介の証言では、吉五郎は唐物屋『南蛮堂』の用心棒の相良源十郎に斬り殺された事になる。

半兵衛は知った。

おそらく、相良源十郎は唐物屋『南蛮堂』徳右衛門に命じられて吉五郎を斬った筈だ。

何故、徳右衛門は相良源十郎に吉五郎を殺させたのだ。

半兵衛は想いを巡らせた。

ま、良い……。

後は相良源十郎を押さえ、徳右衛門を締め上げる迄だ。

半兵衛は、不敵な笑みを浮かべた。

翌日。

半兵衛は、音次郎と共に捕り方たちを率いて唐物屋『南蛮堂』に踏み込んだ。

「な、何ですか……」

徳右衛門と斬られた傷の養生をしていた相良源十郎、平八たち奉公人は驚いた。

半兵衛にしては乱暴な遣り方だ……。

用心棒の沢木蔵人こと黒木佑馬は、踏み込んで来た半兵衛の真意を読もうとした。

半兵衛は、相良源十郎を捕らえ、徳右衛門に迫った。

「徳右衛門、お前が相良源十郎に命じて骨董屋の古今堂吉五郎を殺したのは、旗本桑原京之介の証言で分かっているんだよ」

半兵衛は笑い掛けた。

「桑原京之介……」

徳右衛門は眉をひそめた。

「ああ……」

「だから、あんな奴に連発銃を売るなと云ったのだ。それなのに吉五郎の野郎……」

徳右衛門は、怒りを滲ませた。

「で、相良源十郎に斬り殺させたか……」

半兵衛は知った。

「さあ、そいつはどうかな……」

徳右衛門は、太々《ふてぶて》しい笑みを浮かべた。

「ま、良い。仔細《しさい》は大番屋で聞かせて貰うよ」

半兵衛は告げた。

音次郎が、徳右衛門に縄を打とうとした。

「沢木さん……」

徳右衛門は、用心棒の沢木蔵人に助けを求めた。

沢木蔵人こと黒木佑馬は戸惑った。

「邪魔をすると容赦しない……」

半兵衛は、佑馬に抜き打ちの一刀を放った。

佑馬は飛び退き、刀を抜き放った。

半兵衛は、構わず佑馬に鋭く斬り掛かった。

佐馬は、戸惑いながらも半兵衛と斬り結び、後退した。

半兵衛は、間断なく佑馬に斬り掛かった。

佑馬は、後退し続けた。

音次郎は、徳右衛門に縄を打って捕り方に引き渡した。


半兵衛と佑馬は、激しく斬り結びながら唐物屋『南蛮堂』の店の外に出た。

店の表は捕り方たちが囲み、行き交う者を遮断していた。

手代やおゆきたち奉公人は、捕り方たちに押さえられていた。

「蔵人さん……」

おゆきは、今にも泣き出しそうな面持ちで半兵衛と斬り合う沢木蔵人を見詰めていた。

半兵衛は、佑馬と斬り結び、神田川の岸辺に追い込んで鍔迫《つばぜ》り合《あ》いに持ち込んだ。

「死ね……」

半兵衛は囁いた。

「半兵衛さん……」

佑馬は戸惑った。

「用心棒の沢木蔵人は死ぬしかない……」

半兵衛は告げた。

助けてくれようとしている……。

半兵衛は、沢木蔵人を斬り棄て、黒木佑馬を助けようとしているのだ。

佑馬は、半兵衛の真意を知った。

「半兵衛さん……」

「そいつがお前の為だ……」

半兵衛は、佑馬に囁いて袈裟懸けの一刀を鋭く放った。

閃光が走った。

佑馬は、肩から血を飛ばして仰け反り、神田川に転落した。

水飛沫《みずしぶき》があがり、水面に赤い血が浮かんだ。

「蔵人さん……」

おゆきは、悲痛な声をあげて神田川に駆け寄ろうとした。

捕り方たちが止めた。

「放して、放して下さい。蔵人さん……」

おゆきは、悲痛に叫んでその場に泣き崩れた。
半兵衛は、痛まし気におゆきを見守った。

黒木佑馬は意識を失い、神田川を流された。
猪牙舟が近付いた。
乗っていた半次が手を伸ばし、流される佑馬を猪牙舟に引《ひ》き摺《ず》り上げた。

半兵衛は、唐物屋『南蛮堂』徳右衛門と浪人の相良源十郎を骨董屋『古今堂』吉五郎殺しで捕縛した。そして、隠密廻り同心の黒木佑馬の探索で、徳右衛門が御禁制の連発銃などの唐物品を平戸新田藩と結託して抜け荷していた事実が判明した。

徳右衛門と相良源十郎は死罪に処せられた。
平戸藩は、支藩の平戸新田藩の藩主と主《おも》だった家臣を逸早《いちはや》く処分し、公儀に平伏した。そして、徳右衛門の用心棒の沢木蔵人は、激しく抵抗して半兵衛に斬られ、神田川に落ちて死んだ。

吉五郎殺しと唐物屋『南蛮堂』徳右衛門の抜け荷の一件の探索は終わった。

黒木佑馬は、八丁堀《はっちょうぼり》の組屋敷に秘かに運ばれた。

半兵衛に斬られた肩の傷は浅く、命に別状はなかった。

佑馬は、探索結果を書状で北町奉行に報告し、母と妻の看病で傷養生を始めた。

半兵衛は、その後の佑馬と逢ってはいなかった。

半次は、時々黒木佑馬の組屋敷を訪れ、容態を窺っていた。

佑馬は、順調に回復していた。

「そいつは良かった……」

半兵衛は安堵《あんど》した。

「はい。で、黒木の旦那、此からも隠密廻りを続けるんですかね」

半次は眉をひそめた。

「さあな。そいつを決めるのは佑馬自身だ」

半兵衛は苦笑した。

唐物屋『南蛮堂』は潰れ、奉公人たちは四散した。
おゆきは、池之端仲町の柿木長屋で病の母親と静かに暮らしていた。
沢木蔵人は、徳右衛門の用心棒として稼いだ金をおゆきに残していた。
おゆきは、何れ新しい奉公先を見付け、新しい暮らしを始める。
死んだ沢木蔵人を忘れて……。
世の中には、私たちが知らぬ顔をした方が良い事がある。
半兵衛は、煌めく不忍池を眩《まぶ》し気に眺めた。

第四話　通り雨

一

雨は不意に降り始め、不忍池の水面《みなも》に小さな波紋《はもん》を重ねていた。

その日、北町奉行所臨時廻り同心白縫半兵衛は非番であり、御徒町《おかちまち》の組屋敷に住む知り合いを訪ねた帰りだった。

急に降り出した雨は、半兵衛を不忍池の畔《ほとり》にある古い茶店に誘《いざな》った。

「婆さん、茶を頼む……」

半兵衛は、茶店の老婆に茶を頼み、手拭《てぬぐい》で濡れた着物を拭《ふ》いた。

茶店には、粋《いき》な形《なり》の年増《としま》が縁台に腰掛けて茶を飲んでいた。

半兵衛は縁台に腰掛け、雨の降る不忍池を眺《なが》めた。

不忍池は雨に濡れ、畔の木々の緑は色鮮やかだった。

良い景色だ……。

半兵衛は、思わず眼を細めた。

「お待たせしました……」

茶店の婆さんが、半兵衛に茶を持って来た。

「うん……」

半兵衛は、温かい茶を啜《すす》って再び不忍池を眺めた。

不忍池に雨は降り続いた。

「いつ迄《まで》、降るんですかね……」

粋な形の年増は、不忍池を眺めながら半兵衛に声を掛けて来た。

「通り雨だ。直《す》ぐに止むだろう」

半兵衛は、不忍池を眺めながら茶を飲んだ。

「それなら良いんですけどねえ」

粋な形の年増は微笑んだ。

微笑みは、優しく穏《おだ》やかだった。

「ああ。まったくだ……」

半兵衛は笑った。

不忍池に雨は降り続いた。

絵師の広川歌重《ひろかわうたしげ》が殺された。

半兵衛は、岡っ引の本湊の半次と下っ引の音次郎と不忍池の畔、茅町二丁目にある広川歌重の家に急いだ。

広川歌重は、美人画で名高い売れっ子の絵師だった。

不忍池には水鳥が遊び、水飛沫《みずしぶき》が煌《きら》めいていた。

絵師広川歌重の家は板塀に囲まれた仕舞屋《しもたや》であり、町役人たちが来ていた。

「やあ。御苦労だね……」

半兵衛は、町役人たちを労《ねぎら》って絵師の広川歌重の家に上がった。

絵師の広川歌重は、画室で背後から首を刺されて殺されていた。

その手には赤い顔料が穂先《ほさき》に付いた筆を握り、座ったまま俯《うつぶ》せに倒れて死んでいた。

半兵衛は、広川歌重の死体を検《あらた》めた。

「絵を描いていた処《ところ》を後ろから一突《ひとつ》きですかね……」

半次は読んだ。

「うん。血の乾き具合から見て、殺されたのは昨夜だね」

半兵衛は読み、広川歌重の死体の周囲を見廻した。

死体の傍には様々な顔料と紙があり、描き損じの紙もあった。

「妙だね……」

半兵衛は眉をひそめた。

「えっ……」

半次は、戸惑いを浮かべた。

「仏さんが赤い顔料の付いた筆を握って死んでいる。それにしちゃあ、描き掛けの絵らしき物はないねえ」

半兵衛は、俯せに斃《たお》れている広川歌重の顔や身体の下に描き掛けの絵のないのを指摘した。

「そう云われてみればそうですね」

半次は眉をひそめた。

「殺した奴が盗《と》って行ったんですかね」

半次は首を捻《ひね》った。

「うむ。その描き掛けの絵を見ると、殺した者が誰か分かるので、奪い盗って行ったのかもしれないな」

半兵衛は読んだ。

「旦那、広川歌重は美人画で名高い絵師です。描いていた絵がやっぱり美人画なら、殺《や》ったのは女かもしれませんね」

半次は読んだ。

「女と決めるのは未《ま》だ早いが、後ろから不意を衝《つ》いて首を刺すなら女でも出来るね」

半兵衛は頷《うなず》いた。

「旦那、親分……」

音次郎が数枚の絵を持って来た。

「浮世小町《うきよこまち》に妻恋小町、いろいろな美人画の他にこんな絵もありましたよ」

音次郎は、数枚の美人画を見せた後、胸元を広げ、着物の裾《すそ》を割って太股《ふともも》を露《あら》わにした年増の絵を見せた。

「危絵《あぶなえ》か……」

半兵衛は眉をひそめた。

〝危絵〟とは、浮世絵の美人画の中でも着物の胸元や裾を乱し、太股や脛《すね》を露わにした好色的な図柄の絵を云い、春画《しゅんが》とは区別された。

「はい。歌重先生、美人画だけでなく危絵も描いていたんですね」

音次郎は、楽しそうに笑った。

「うん……」

半兵衛は、危絵を眺めた。

「年増ですが、良い女ですね……」

音次郎は感心した。

「うん……」

何処《どこ》かで見た顔だ……。

半兵衛は思った。だが、何処で見た顔なのかは思い出せなかった。

危絵に描かれた女の顔など、所詮《しょせん》は男心をそそるように描かれているだけなのだ。

何処の誰でもないのかもしれない……。

「音次郎、危絵があるとなれば、春画もあるかもしれない。詳しく探してみな」

半兵衛は命じた。

「はい……」

音次郎は頷き、寝間に入って行った。

「危絵に春画ですか……」

半次は、溜息《ためいき》混じりに歌重の死体を眺めた。

「うん。いろいろ手広くやっていたのかもしれないな」

「ええ。じゃあ、殺った奴の手掛かりがないか調べてみます」

半次は、内外を調べ始めた。

「して、仏さんは誰が見付けたんだい……」

半兵衛は、町役人に訊いた。

「はい。広川歌重さんは一人暮らしでしてね。近所の煙草屋《たばこや》の婆さんが掃除洗濯を頼まれていて、その婆さんが今朝、掃除に来て……」

町役人は告げた。

「見付けたか……」

「はい……」

「で、その婆さんは何処かな……」

半兵衛は、町役人に手伝いの婆さんに逢わせるように命じた。

小さな煙草屋は裏通りにあり、斜向《はすむ》かいには板塀に囲まれた広川歌重の家があった。

半兵衛は、煙草屋の店先の縁台に腰掛けて婆さんの淹《い》れてくれた茶を飲んだ。

「で、婆さん、歌重先生、誰かに恨まれているような事はなかったかな……」

半兵衛は尋ねた。

「さあ。恨んでいる人なんて、知りませんよ」

婆さんは眉をひそめた。

「そうか。じゃあ、どんな者が出入りしていたのかな」

「そりゃあ、美人画の版元《はんもと》の旦那と絵に描かれる小町娘ぐらいですか……」

婆さんは告げた。

「版元の旦那ってのは、何処の誰かな……」

「神田須田町の亀屋喜左衛門《かめやきざえもん》の旦那ですよ」

「亀屋喜左衛門……」

神田須田町の地本問屋《じほんどんや》『亀屋』は錦絵《にしきえ》や絵草紙《えぞうし》などを売っており、主の喜左衛門は遣り手《やりて》の版元として名高かった。

「はい……」

「そして、美人画に描かれる小町娘か……」

描いていた何処かの小町娘と揉めて殺され、描き掛けの絵を持ち去られたか……。

半兵衛は読んだ。

「あっ。それから卯之吉《うのきち》って遊び人が出入りしていましたよ」

「遊び人の卯之吉……」

半兵衛は眉をひそめた。

「ええ。派手な半纏《はんてん》を着た奴で、歌重先生に小遣い貰って使いっ走りをしていましたよ」

婆さんは、遊び人の卯之吉が嫌いなのか、嘲《あざけ》りを浮かべた。

「卯之吉、家は何処か、知っているかな……」

「さあ、知りませんよ……」

「じゃあ、いつもは何処にいるのかは、どうかな……」

「神田明神や湯島天神の盛り場を彷徨《うろつ》いているそうですよ」

「そうか、神田明神か湯島天神ね……」

遊び人の卯之吉は、殺された絵師の広川歌重の使いっ走りをしており、いろいろと知っているのに違いない。

半兵衛は睨《にら》んだ。

絵師広川歌重の家に殺した者の手掛かりらしき物は、何も見付からなかった。

そして、危絵の他に春画はなかった。

よし……。

半兵衛は、半次と音次郎に遊び人の卯之吉を捜させ、神田須田町の地本問屋『亀屋』喜左衛門の許に向かった。

神田須田町は八ツ小路の傍にあり、地本問屋『亀屋』は客で賑《にぎ》わっていた。

地本問屋『亀屋』は、店先に美人画や役者絵などを並べていた。

美人画には男客、役者絵には娘客が集まって賑やかに選んでいた。

「邪魔するよ……」

半兵衛は暖簾《のれん》を潜った。

地本問屋『亀屋』の主喜左衛門は、半兵衛を座敷に通した。

「亀屋の主の喜左衛門にございます」

喜左衛門は、四十代半ばで、見るからに遣り手の商売上手の男のようだ。

相手の腹の内を覗《のぞ》こうとする眼付きだ……。

「北町奉行所の白縫半兵衛だ……」

半兵衛は笑い掛けた。

「それで白縫さま、手前に何か……」

喜左衛門は、半兵衛に探る眼を向けた。

広川歌重が殺された事を知らない……。

半兵衛は読んだ。

「うん。絵師の広川歌重が昨夜、殺されてね」

「えっ……」

喜左衛門は、いきなり殴られたかのように驚き、呆然とした。

「広川歌重が殺されたんだ」

「ほ、本当ですか……」

喜左衛門は、嗄《しやが》れ声を震わせた。

「ああ。昨夜、絵を描いている途中にね……」

半兵衛は、喜左衛門を見詰めて告げた。

「昨夜、絵を描いている途中……」

喜左衛門は、呆然と呟《つぶや》いた。

「歌重が今描いている絵は、亀屋の美人画なのかな……」

「はい。その筈です……」

喜左衛門は頷いた。

「じゃあ、何とか小町か……」

「はい。今は小舟《こぶな》小町のおきよさんを描いている筈です」

「小舟小町のおきよ……」

「はい。小舟町の扇屋香風堂《おうぎやこうふうどう》のお嬢さんのおきよさんでして、小舟町でも名高い小町娘でして、三拝九拝《さんぱいきゆうはい》して漸《ようや》く描かせて貰える事になりましてね……」

「扇屋香風堂の娘のおきよか……」

「はい……」

「そうか。して、喜左衛門。広川歌重、誰かに恨みを買っているような事はなかったかな」

「さあ、絵師としてはなかったと思いますが、詳しくは……」

喜左衛門は眉をひそめた。

「分からないか……」

「はい……」

喜左衛門は頷いた。

「して、歌重は絵師としてかなり売れていたようだが、金は貯め込んでいたのかな……」

「それが白縫さま、歌重さんは、金遣いが荒く、私共がお支払いする画料は右から左。いつも前払いをしていました」

「じゃあ、貯えなどはないか……」

「はい。もし、あったとしても僅《わず》かなものかと存じますが……」

「ならば、金を狙っての事ではないか……」

「そう思いますが……」

「そうか。処で歌重、独り身だが、所帯《しょたい》を持った事はないのかな」

「いえ。歌重さんは昔、おしまさんって方と所帯を持っていましてね。二年前でしたか、別れて茅町の家に越したのです」

「ほう。おしまってお内儀がいたのか……」

「はい。五年程続きましたか……」

「五年か。子供はいないのかな」

「はい。おしまさんとの間にはいませんでしたが……」

「その前は分からないか……」

「はい……」

「おしま、どんな女だい……」

半兵衛は尋ねた。

「芸者上がりの三味線《しゃみせん》のお師匠さんでしてね。気風《きっぷ》の良い女《ひと》でしたよ」

「別れた訳は……」

「さあ、気質が合わなかったか、歌重さんの金遣いの荒さに愛想を尽かしたのか……」

喜左衛門は苦笑した。

「そうか。して、今、歌重に決まった女はいないのかな」

「さあ、いないと思いますが……」

喜左衛門は首を捻った。

「良く分からないか……」

半兵衛は、温《ぬる》くなった茶を啜った。

神田明神は参詣客で賑わっていた。

遊び人の卯之吉は、神田明神や湯島天神を彷徨いている……。

半次と音次郎は、神田明神と湯島天神の境内《けいだい》に遊び人の卯之吉を捜した。だが、卯之吉は見付からなかった。そして、卯之吉を知っている者はいたが、その家など詳しい事を知る者はいなかった。

明神下の通りに地廻《じまわ》り明神《みようじん》一家の店があった。

「邪魔するぜ……」

半次と音次郎は、地廻り明神一家を訪れた。

「へい。何方《どちら》さまで……」

店土間の掃除をしていた三下《さんした》が迎えた。

「俺は本湊の半次って者だが、親方の長次郎《ちようじろう》はいるかな……」

半次は、懐《ふところ》の十手を見せた。

「は、はい。ちょいとお待ち下さい」

三下は奥に駆け込んだ。

僅かな刻が過ぎ、奥から肥《ふと》った中年男が三下を従えて出て来た。

地廻りの親方の長次郎だった。

「おう。長次郎……」

半次は笑い掛けた。

「こりゃあ、本湊の親分、お久し振りで……」

長次郎は框《かまち》に座った。

「ああ。変わりはないようだな……」

「お蔭さまで。で、今日は何か……」

長次郎は、半次に警戒する眼を向けた。

「うん。卯之吉って遊び人を知っているかな」

半次は訊いた。

「遊び人の卯之吉……」

「ああ……」

「あっしは知りませんが、三吉《さんきち》、お前、知っているか……」

長次郎は、傍にいた三下に訊いた。

「へ、へい。遊び人の卯之吉さんなら……」

三吉と呼ばれた三下は知っていた。

「知っているのか……」

半次は、三吉を見据えた。

「はい……」

三吉は、長次郎の顔色を窺《うかが》いながら頷いた。

「三吉、知っている事があれば、本湊の親分に何でも話しな……」

長次郎は命じた。

「へい……」

「じゃあ尋ねるが、遊び人の卯之吉、家は何処かな……」

「へい。湯島天神は男坂《おとこざか》の下の坂下町《さかしたちよう》に住んでいます」

三吉は告げた。

「男坂下の坂下町か……」

「へい。そこの裏路地を入った処の……」

「本湊の親分……」

長次郎が遮《さえぎ》った。

「何だ……」

半次は眉をひそめた。

音次郎は、懐の十手を握り締めた。

「此《こ》《れ》からその卯之吉の家に行くつもりなんですかい……」

「ああ……」

「だったら三吉、本湊の親分たちを御案内してあげな……」

長次郎は苦笑した。

「そいつはありがたい。恩に着るぜ」

半次は苦笑した。

二

湯島天神は参拝客で賑わっていた。

半次と音次郎は、地廻りの三吉に誘《いざな》われて湯島天神男坂の下の坂下町に進んだ。

「あの突き当たりが卯之吉の家です」

地廻り三吉は、坂下町の裏路地に入って奥の小さな古い家を示した。

「よし。いるかどうか見定めてくれ」

半次は、三吉に指示した。

「へ、へい……」

三吉は、小さな古い家の腰高障子を叩いた。

「兄い。卯之吉の兄い。俺だ。明神一家の三吉だぜ……」

三吉は呼び掛けた。

小さな古い家の中からは、誰の返事もなかった。

「卯之吉の兄い……」

三吉は眉をひそめた。

音次郎は、腰高障子を開けた。

腰高障子に心張棒《しんばりぼう》は掛けられていなく、僅《わず》かに開いた。

「親分……」

音次郎は、半次の指示を仰いだ。

「うん……」

半次は、開けろと頷いた。

音次郎は、腰高障子を開けて薄暗い家の中に入った。

半次と三吉は続いた。

「卯之吉さん……」

音次郎は、薄暗い家の中に呼び掛けた。

だが、卯之吉の返事はなかった。

「親分……」

「よし。入ってみよう」

半次は、薄暗い家の中に入った。

音次郎が窓を開けた。

斜光が差し込み、狭い家の中を照らした。

狭い家の中には万年蒲団《まんねんぶとん》が敷かれ、空の一升徳利《いっしょうどっくり》や湯呑茶碗があるぐらいだった。

「留守のようだな……」

半次は見定めた。

「ええ。三吉、卯之吉、何処にいるか分かるかな……」

音次郎は、三吉を見据えた。

「もしかしたら、茅町の絵師の広川歌重さんの処かもしれません」

三吉は、首を捻りながら告げた。

「親分……」

「うん。三吉、卯之吉は絵師の広川歌重とどんな拘《かか》わりなのかな……」

半次は訊いた。

「使いっ走りをして小遣いを貰っていますが……」

三吉は、言葉を濁《にご》した。

「小遣いを貰っているが、どうした……」

半次は、三吉の濁した言葉の裏に何かがあると睨んだ。

「へ、へい。卯之吉の兄い、絵に描かれる女に付《つ》き纏《まと》って弱味を握り、悪い噂《うわさ》を流されたくなかったら口止め料を出せと……」

三吉は、云《い》い難《にく》そうに告げた。

「金を脅し取っているのか……」

半次は眉をひそめた。

「へい……」

三吉は頷いた。

「親分、今度の一件、ひょっとしたら卯之吉が絡《から》んでいるかもしれませんね」

音次郎は睨んだ。

「ああ。三吉、卯之吉の行きそうな処、絵師の広川歌重の家の他に何処がある」

半次は、三吉を厳しく見据えた。


小舟小町のおきよ……。

今、絵師の広川歌重は、地本問屋『亀屋』の喜左衛門の注文で小舟町の小町娘と評判の扇屋『香風堂』の娘おきよの美人画を描いていた。

おきよは、何か知っているかもしれない……。

半兵衛は、小舟町の扇屋『香風堂』に急いだ。

小舟町二丁目は西堀留川《にしほりどめがわ》沿いにあり、扇屋『香風堂』は中《なか》ノ橋《はし》の袂《たもと》にあった。

西堀留川の流れは緩やかだった。

半兵衛は、西堀留川に架かっている中ノ橋を渡り、扇屋『香風堂』を訪れた。

扇屋『香風堂』の主嘉平《かへい》は、半兵衛を座敷に通した。

半兵衛は、扇屋『香風堂』の様子をそれとなく窺った。

扇屋『香風堂』には、緊張感や警戒感は窺えなかった。

半兵衛は、出された茶を啜った。

「お待たせ致しました」

初老の旦那は、若い娘を伴ってやって来た。

「やあ。急に訪ねてすまないね。北町奉行所の白縫半兵衛だ」

「はい。手前は扇屋香風堂の主の嘉平。それに娘のきよにございます」

初老の嘉平と娘のおきよは、緊張した面持《おもも》ちで半兵衛に挨拶をした。

「それで白縫さま、おきよに何か……」

扇屋『香風堂』の主で父親の嘉平は、娘のおきよを心配した。

「うん。おきよは昨日、絵師の広川歌重の家で、美人画を描いて貰っていたね」

半兵衛は尋ねた。

「は、はい……」

おきよは不安気に頷いた。

「それで、何刻《いっ》から何刻《いっ》迄、広川歌重の家にいたのかな」

「はい。お針のお稽古が終わってから行きましたので、未《ひつじ》の刻八つ（午後二時）から申《さる》の刻七つ（午後四時）頃迄ですが……」

「未の刻八つから申の刻七つ迄の一刻か……」

「はい。婆やのおこうと一緒ですので、訊いて貰えば分かります」

「婆やと一緒だったのか……」

「はい……」

おきよは頷いた。

「白縫さま、何分《なにぶん》にも年頃の娘にございます。地本問屋の亀屋の喜左衛門さんとは、そう云う約束で……」

嘉平は心配した。

「そうか……」

父親の嘉平の心配は尤《もっと》もな事だ。

半兵衛は頷いた。

「で、申の刻七つに婆やと帰ったのだね」

半兵衛は、おきよに念を押した。

「左様《さよう》にございます」

おきよは頷いた。

「白縫さま、絵師の広川歌重さんがどうかしたのでございますか……」

父親の嘉平は、半兵衛に怪訝《けげん》な眼を向けた。

「うん。実はね、広川歌重、昨夜殺されてね」

半兵衛は告げた。

「えっ……」

嘉平とおきよは驚いた。

「それで、おきよが何か見たり、聞いたりはしていないかと思ってね」

「いいえ。私は何も見たり、聞いたりしていません」

おきよは、怯《おび》えを滲《にじ》ませた。

「そうか。だったら婆やはどうかな……」

「分かりました。婆やのおこうを呼んで参ります」

嘉平は、座敷から出て行った。

「すまないね。いろいろ造作を掛けて……」

半兵衛は、おきよに笑い掛けた。

「いいえ……」

「おきよ。絵を描いている時の広川歌重、どんな風だったかな……」

半兵衛は訊いた。

「どんな風かと仰《おっしゃ》られても……」

「落ち着いていたか、それとも……」

「何枚も描き損じていたようでした」

おきよは、思い出したように告げた。

「何枚も描き損じていた……」

「はい……」

おきよは、眉をひそめて頷いた。

広川歌重は、落ち着きがなかったのだ。

何故だ……。

半兵衛は、思いを巡らせた。

「お待たせ致しました。婆やのおこうにございます」

嘉平が、婆やのおこうを連れて来た。

婆やのおこうは、半兵衛に怯えたような眼を向けて頭を下げた。

「やあ。おこう、昨日、広川歌重の家で何か見たり、聞いたりしなかったかな」

半兵衛は笑い掛けた。

「は、はい。昨日、広川歌重さんがお嬢さまの絵を描いている時、派手な半纏を着た男がやって来ました……」

「派手な半纏を着た男……」

遊び人の卯之吉だ……。

半兵衛の勘が囁《ささや》いた。

「私が見たのはそれぐらいですが……」

婆やのおこうは、話を早く終わらせようとした。

「その派手な半纏の男、歌重の家に入って来て、どうした……」

「奥に入って行き、それ切り……」

「奥に誰かいた気配はなかったかな……」

「えっ……」

「歌重やお前さんたちの他に、奥に誰かが潜んでいた気配だよ」

「そんな。気が付きませんでしたが……」

婆やのおこうは、不安気に声を震わせた。

「そうか。いや、良く分かった。忙しい処、造作を掛けたね」

半兵衛は微笑んだ。

湯島天神門前町の盛り場は、連《つら》なる飲み屋が夜の開店の仕度を始めていた。

半次と音次郎は、地廻りの三吉に聞いた遊び人の卯之吉の情婦《おんな》と云われる女将《おかみ》の営む小料理屋を訪れた。

「卯之吉は昨日、出掛けた切りですよ」

女将のおまちは、掃除の手を止めずに告げた。

「昨日、出掛けた切り……」

半次は、僅かに緊張した。

「ええ。絵師の広川歌重さんからちょいと来てくれと云われたって……」

「じゃあ、絵師の広川歌重に呼ばれて出掛けたのかい……」

「ええ。申の刻七つ近くに。で、それっきりですよ」

おまちは、腹立たし気に告げた。

卯之吉が出掛ける時、おまちとの間で何かあったのか……。

半次は読んだ。

「じゃあ女将さん、誰かが卯之吉を迎えに来たのかな……」

「ええ。粋な形の年増がね」

「粋な形の年増……」

「それで卯之吉、尻尾を振って粋な形の年増に付いて行きました」

おまちは吐《は》き棄《す》てた。

妬《や》いている……。

音次郎は苦笑した。

「女将、その粋な形の年増、何処の誰だい……」

半次は訊いた。

「さあ、初めて見る顔でしてね。知りませんよ……」

「初めて見る顔の粋な形の年増か……」

半次は眉をひそめた。


蕎麦屋には明かり灯された。

半兵衛は、半次や音次郎と小座敷に上がり、天婦羅《てんぷら》や板山葵《いたわさ》で酒を飲み、蕎麦を食べた。

「小舟小町のおきよですか……」

音次郎は、小さな笑みを浮かべた。

「知っているのか……」

半兵衛は、音次郎に怪訝な眼を向けた。

「いえ。噂を聞いた事がありまして、小舟小町のおきよちゃん……」

「それで旦那。歌重先生、昨日はその小舟小町のおきよの美人画を描いていたのですか……」

半次は尋ねた。

「うむ。何故か落ち着かない様子でな。そして、派手な半纏を着た男が来たそうだ」

半兵衛は告げた。

「派手な半纏を着た男、おそらく卯之吉です」

半次は、半兵衛に酌《しやく》をした。

「やはり、そうか……」

半兵衛は、酒を飲んだ。

「はい。卯之吉、昨日、粋な形をした年増が呼びに来て、歌重先生の家に行ったそうです」

半次は、手酌で猪口《ちよく》に酒を満たした。

「して、卯之吉は……」

「それっきり、今日になっても帰っちゃあいませんが、気になりますね」

「粋な形の年増か……」

「はい……」

「扇屋香風堂の婆やのおこう、歌重の家で卯之吉は見たが、粋な形の年増は見ちゃあいない。先に家の奥に入ったか、それとも入らなかったか……」

半兵衛は読んだ。

「ええ……」

半次は頷いた。

「それから半次、音次郎。広川歌重は二年前に女房と別れていたよ」

「へえ。歌重先生、おかみさんがいたんですかい……」

「うん。おしまって粋な形の年増だそうだ」

半兵衛は告げた。

「旦那……」

半次と音次郎は緊張した。

「ああ。粋な形の年増だ……」

半兵衛は、手酌で猪口に酒を満たした。

粋な形の年増……。

半兵衛は思い出した。

通り雨の日、不忍池の畔の茶店で出逢った粋な形の年増を思い出した。

ひょっとしたら……。

雨の日に出逢った粋な形の年増は、広川歌重の別れた女房のおしまなのかもしれない。

半兵衛は酒を飲んだ。


絵師の広川歌重殺しには、遊び人の卯之吉と粋な形の年増が拘わっている。

半兵衛は睨み、卯之吉と粋な形の年増を捜す事にした。

半次と音次郎は、引き続き卯之吉を捜した。

粋な形の年増は、ひょっとしたら絵師の広川歌重が二年前に別れた女房のおしまなのかもしれない。

そして、通り雨の時、不忍池の畔の茶店で出逢った粋な形の年増なのかもしれない。

半兵衛は、不忍池の畔の茶店に向かった。

不忍池の中之島《なかのしま》弁財天は、参拝客で賑わい始めていた。

半兵衛は、弁財天を眺めながら不忍池の畔を茶店に向かった。

茶店に客はいなく、店主の老婆が店先の掃除をしていた。

「婆さん。茶を貰おうか……」

半兵衛は、店主の老婆に声を掛けて縁台に腰掛けた。

「こりゃあ旦那、ちょいとお待ちを……」

老婆は、茶店の奥に入って行った。

半兵衛は、不忍池を眺めた。

不忍池では、遊ぶ水鳥が水飛沫を跳ね上げて煌めかせていた。

「お待たせしました……」

老婆は、半兵衛に茶を持って来た。

「おう……」

半兵衛は茶を啜った。

「婆さん、ちょいと訊きたいのだが……」

「はい。何でしょうか……」

「此の前、昼過ぎに通り雨が降っただろう」

「ええ……」

「あの時、私も此処《ここ》で茶を飲んで雨宿りをしたのだが……」

「あら、ま、そうでしたか……」

老婆は眉をひそめた。

市中見廻りの時、立ち寄ってくれる半兵衛が来たなら気が付いた筈だ。

「うん。その時は、非番だったので巻羽織《まきばおり》じゃあなかったんだよ」

半兵衛は苦笑した。

「ああ。それで……」

老婆は、気が付かなかった理由を知って満足そうに頷いた。

「して、雨宿りをした時、此処に粋な形の年増がいたのだが、覚えているかな……」

半兵衛は尋ねた。

「粋な形の年増ですか……」

老婆は眉をひそめた。

「うん……」

「ああ。水色の霰小紋《あられこもん》の着物の……」

老婆は思い出した。

「そうだ。その水色の着物を着た年増だ」

「あの人がどうかしたんですか……」

老婆は、半兵衛に怪訝な眼を向けた。

「何処の誰か、知っているかな……」

「あの人は確か妻恋町に住んでいる三味線か何かのお師匠さんだと聞いた事がありますよ」

「妻恋町に住んでいる三味線か何かの師匠か。名前は……」

「名前ですか……」

「うむ。おしまと申さぬか……」

「おしまさん……」

「うむ……」

「さあ……」

老婆は首を捻った。

「知らぬか……」

妻恋町に行ってみるしかない……。

半兵衛は決めた。

三

湯島天神門前町の盛り場は、遅い朝を迎えていた。

音次郎は、盛り場にある遊び人の卯之吉の情婦おまちの営む小料理屋を見張っていた。

小料理屋は戸口を閉めたままだった。

「どうだ……」

半次がやって来た。

「卯之吉の野郎。現れちゃあいないようです。坂下町の方は……」

「昨日のままで、帰って来た様子はないな」

半次は、男坂の下の坂下町にある卯之吉の家を覗いて来ていた。

「そうですか……」

「音次郎……」

半次と音次郎は、路地奥に身を潜めた。

小料理屋の女将のおまちが風呂敷包みを抱え、裏に続く路地から出て来た。

半次と音次郎は見守った。

女将のおまちは、辺りを警戒するように見廻し、足早に盛り場の出入口に向かった。

「親分……」

音次郎は眉をひそめた。

「うん。追ってみるぜ」

半次と音次郎は、足早に行く女将のおまちを追った。

妻恋町の自身番の店番は、町内に住む者の名簿を捲《めく》った。

「三味線か何かのお師匠さんですか……」

店番は、名簿を捲った。

「うん。粋な形の年増だ……」

半兵衛は告げた。

「年増ですか……」

「ああ。大年増じゃあない」

「名前は分からないんですよね」

「うん。ひょっとしたら、おしまかもしれないのだが、はっきりしないんだな……」

「おしまさんですか。三味線の師匠のおしまさん……」

店番は、再び名簿を見直した。

半兵衛は待った。

「白縫さま、三味線の師匠のおしまさんはいませんが、端唄《はうた》の師匠のおしまって人はいますね」

「端唄の師匠か……」

「はい……」

端唄は三味線を弾きながら歌う唄であり、三味線の師匠を兼ねている者が多い。

「よし。その端唄の師匠のおしまの家が何処か、教えて貰おうか……」

半兵衛は、端唄の師匠のおしまの家に行ってみる事にした。

女将のおまちは、湯島天神門前町を出て不忍池に向かった。

半次と音次郎は尾行《つけ》た。

女将のおまちは、不忍池の畔に出て下谷広小路に向かった。

「卯之吉の処にでも行くんですかね……」

音次郎は読んだ。

「かもしれないな……」

半次は頷いた。

おまちは、下谷広小路の雑踏を抜けて山下《やました》に進んだ。

「入谷かな……」

半次は読んだ。


「此の家ですね……」

妻恋町の自身番の番人は、黒板塀に囲まれた仕舞屋を示した。

「此処か……」

半兵衛は、黒板塀に囲まれた仕舞屋を眺めた。

黒板塀の木戸門には、『端唄教えます』の看板が掛かっていた。

「おしま、いるかな……」

半兵衛は、木戸門を押した。

木戸門は開いた。

半兵衛は、木戸門を潜って仕舞屋の格子戸《こうしど》を叩いた。

家の中から返事はなかった。

番人が半兵衛に代わり、格子戸を叩いた。

「おしまさん、いるかい、おしまさん……」

番人の声にも返事はなかった。

「どうやら留守のようだな……」

半兵衛は、仕舞屋の周囲を見廻した。

「はい。出稽古にでも行っているのかもしれません……」

番人は、申し訳なさそうに告げた。

半兵衛は、端唄の師匠のおしまが留守だと見極めた。

さあて、どうする……。

半兵衛は、端唄の師匠のおしまがどのような者か聞き込みをし、帰って来るのを待つ事にした。

入谷鬼子母神の境内には、幼い子供たちが楽し気な声をあげて遊んでいた。

小料理屋の女将のおまちは、風呂敷包みを抱えて鬼子母神の横手を抜け、町外れに進んだ。

町外れには潰れ掛けた小さな百姓家があり、周囲には緑の田畑が広がっていた。

おまちは、潰れ掛けた小さな百姓家の前に立ち止まり、辺りを警戒するように見廻した。

半次と音次郎は見守った。

おまちは、辺りに不審な事がないと見定めて潰れ掛けた小さな百姓家に入った。

半次と音次郎は、潰れ掛けた小さな百姓家に駆け寄った。

潰れ掛けた小さな百姓家の中は薄暗かった。

「卯之さん……」

おまちは、薄暗い土間から家の中に呼び掛けた。

「おまちか……」

男の声が、土間に続く板の間の板戸の向こうから聞こえた。

「卯之さん……」

おまちは、板の間に上がった。

板戸が僅かに開き、次の間から中年男が顔を見せた。

卯之吉だった。

「おまち……」

「大丈夫かい、卯之さん……」

「ああ……」

卯之吉は、小さな笑みを浮かべて頷いた。

「云われた着替えの着物と、食べ物を持って来たよ」

おまちは、風呂敷包みを解いた。

「ありがてえ……」

卯之吉は、風呂敷包みの中にあった握り飯を美味《うま》そうに食べた。

「で、どうしたの……」

おまちは心配した。

「うん。歌重の家に得体《えたい》の知れねえ野郎が現れてな。歌重を刺したんだ。それで俺も襲われ、慌てて逃げ出し、此処に隠れたんだ」

卯之吉は、握り飯を食べた。

「それで岡っ引が来たのか……」

おまちは思い出した。

「岡っ引が店に行ったのか……」

「ええ……」

「そうか……」

卯之吉は、着物を着替え始めた。

「卯之さん……」

「おまち、俺は暫《しばら》く江戸を離れる。金、あるか……」

「ええ……」

おまちは、胸元から財布を取り出した。

「捜したぜ。卯之吉……」

半次が踏み込んで来た。

卯之吉は、慌てて逃げ出そうとした。

音次郎が現れ、卯之吉に飛び掛かって殴り倒した。

「卯之さん……」

おまちは、悲鳴のように叫んだ。

半次は、おまちを押さえた。

音次郎は、押し倒した卯之吉に馬乗りになって素早く縄を打った。

「卯之吉、大番屋で詳しい話を聞かせて貰うぜ……」

半次は告げた。


妻恋町の端唄の師匠おしまの家には、旗本や商家の隠居などが弟子として通っていた。

半兵衛は、おしまの人となりを聞き込んだ。

おしまは、人あしらいの上手な気風《きっぷ》の良い年増で評判は良かった。

弟子の多くは、端唄よりもおしまとのお喋りを楽しんでいるようだった。

半兵衛は苦笑した。

半刻が過ぎた。

粋な形の年増がやって来た。

おしまか……。

半兵衛は見守った。

粋な形の年増は、仕舞屋を囲む黒板塀の木戸門を潜った。

おしまだ……。

半兵衛は見定めた。そして、おしまが通り雨の時、不忍池の畔の茶店で雨宿りをしていた粋な形の年増だと知った。

半兵衛は、おしまを追って黒板塀の木戸門に進んだ。

仕舞屋の格子戸を開けようとしていたおしまは、人の気配に木戸門を振り返った。

「やあ……」

半兵衛は笑い掛け、木戸門を入った。

「あら、お役人さま……」

おしまは、強張《こわば》った顔に作り笑いを浮かべた。

強張った顔に作り笑い……。

危絵の年増……。

半兵衛は、絵師広川歌重の家にあった危絵に描かれた年増がおしまだと気が付いた。

「おしまだね……」

「えっ、ええ……」

おしまは頷いた。

「私は北町奉行所の白縫半兵衛だ。ちょいと訊きたい事があってね」

「北の御番所の白縫半兵衛さま……」

「ああ……」

半兵衛は頷いた。

「何でしょうか……」

おしまは、半兵衛を見詰めた。

「おしま、絵師の広川歌重が殺された時、歌重の家にいたね」

半兵衛は、おしまを見据えた。

「いいえ……」

おしまは、強張った面持ちで首を横に振った。

「そうか。いなかったか……」

「はい……」

おしまは、狭い庭を眺めて頷いた。

惚《とぼ》けている……。

「おしま、お前さん、二年前に歌重と別れた女房だね」

半兵衛の勘が囁いた。

半兵衛は、話題を変えた。

おしまは、小さな吐息を洩らした。

「そうだろう……」

「いろいろとお調べになっているんですねえ」

おしまは苦笑した。

「ああ。殺された広川歌重を調べている内にね。いろいろとね……」

「そうですか……」

「して、広川歌重、誰にどうして殺されたのか、心当たりはないかな」

半兵衛は笑い掛けた。

「白縫の旦那。広川歌重って人は、小狡《こずる》くて汚く、金遣いの荒い遊び人でしてね。愛想尽かしをしたって訳ですよ……」

おしまは、厳しい面持ちで告げた。

「小狡くて汚く、金遣いが荒いか……」

「ええ。で、遊び人の卯之吉に絵に描く小町娘の身の廻りを探らせては弱味を握り、強請《ゆすり》を掛けさせていましてね……」

おしまは、腹立たし気に告げた。

「強請られた小町娘の恨みを買い、殺されたか……」

半兵衛は読んだ。

「かもしれませんね……」

おしまは、顔に滲む笑みを押し隠した。

「おしま、お前も歌重に危絵を描かれているね……」

「白縫の旦那、悪いのは殺された絵師の広川歌重なんです」

おしまは、半兵衛を見据えて訴えた。

「おしま、確かに絵師の広川歌重は悪い奴だった。しかし、幾ら悪い奴でも殺した者はお裁きを受け、罪を償《つぐな》わなければならない……」

「じゃあ、広川歌重の悪事は殺されたので帳消しになって、悪い奴を成敗《せいばい》した者だけが罪になるんですか。理不尽です。そんなの理不尽ですよ」

おしまは、怒りを過《よ》ぎらせた。

「おしま……」

「知りません。私はそれ以上の事は何も知りません。お帰り下さい……」

おしまは、素早く戸を開けて中に入った。

半兵衛は佇《たたず》んだ。


半兵衛は、おしまの家を見張った。

そして、妻恋町の木戸番を北町奉行所に走らせた。

黒板塀に囲まれた仕舞屋は静かであり、出入りする者はいなかった。

半兵衛は見張った。

「旦那……」

音次郎が駆け寄って来た。

「おお、奉行所にいたのか……」

「はい。丁度、妻恋町の木戸番の父っつあんが来て。で、卯之吉をお縄にしました」

音次郎は告げた。

「そいつは御苦労だったな」

半兵衛は労った。

「いいえ。それで、親分が卯之吉を大番屋に引き立てました……」

「そうか……」

半兵衛は頷いた。

「此の仕舞屋ですか、粋な形の年増の家……」

音次郎は、黒板塀に囲まれた仕舞屋を眺めた。

「うむ。粋な形の年増は、殺された広川歌重と二年前に別れた女房のおしまだったよ」

半兵衛は教えた。

「やっぱり……」

音次郎は眉をひそめた。

「うん。で、おしまは歌重殺しの事は何も知らないと云っている。だが、おしまは何かを知っていて必ず動く……」

半兵衛は睨んでいた。

「はい……」

音次郎は、喉を鳴らして頷いた。

「よし。私は大番屋に行って来る。おしまが動いたら後を尾行て、何処に何しに行くか見定めるんだ」

半兵衛は命じた。

「合点です」

音次郎は頷いた。

「じゃあな……」

半兵衛は、音次郎を残して大番屋に急いだ。

大番屋の詮議場は、いつ来ても冷え冷えとしていた。

半兵衛は、半次によって土間に引き据えられた卯之吉の前に現れた。

「やあ。お前が遊び人の卯之吉か……」

半兵衛は、座敷の框に腰掛けた。

卯之吉は、怯えを滲ませて半兵衛を見上げた。

「卯之吉、北町奉行所の白縫半兵衛の旦那だ。何事も包み隠さず話すんだな」

半次は、厳しい面持ちで云い聞かせた。

「はい……」

卯之吉は、既に覚悟を決めているのか、素直に頷いた。

「よし。卯之吉、絵師の広川歌重を殺したのは誰だ……」

「え、得体の知れない野郎です」

卯之吉は、嗄れ声を震わせた。

「得体の知れない野郎……」

半兵衛は眉をひそめた。

「はい。そいつがいきなり踏み込んで来て絵を描いていた歌重の旦那の首を……」

卯之吉は、その時を思い出したのか、嗄れ声を引《ひ》き攣《つ》らせた。

「刺したのか……」

半兵衛は読んだ。

「はい。後ろから。歌重の旦那は振り返る間もなく……」

「どんな野郎だ」

「背丈は五尺ぐらいの小柄な野郎で、袖無《そでな》し羽織に軽衫袴《かるさんばかま》を着ていました」

「袖無し羽織に軽衫袴の小柄な男か……」

半兵衛は眉をひそめた。

「はい。動きの素早い野郎で、あっしに飛び掛かろうとしたので……」

「慌てて逃げたのか……」

「はい……」

卯之吉は頷いた。

「その時、広川歌重は絵を描いていたようだが、どんな絵を描いていたのだ」

半兵衛は、卯之吉を見据えた。

「春画です……」

卯之吉は告げた。

「春画……」

「はい……」

「どんな春画だ……」

「はい。歌重の旦那が昔描いた春画の女の顔を別れた女房のおしまさんに似せて描き直した春画です」

「おしまの春画……」

半兵衛は、おしまの怒りの元を知った。

四

殺された絵師の広川歌重は、昔描いた春画の女の顔を別れた女房のおしまの顔に似せて描き直した。そして、卯之吉におしまの端唄の弟子の旗本や商家の隠居に高値で売り捌《さば》かせていた。

おしまが怒るのも無理はない……。

半兵衛は、おしまが元亭主の絵師広川歌重を厳しく罵《ののし》った理由を知った。

小狡くて汚い……。

広川歌重は、おしまの罵った通りの男なのだ。

半兵衛は知った。

おしまは怒り、袖無し羽織に軽衫袴の小柄な男に広川歌重と卯之吉の始末を頼んだのかもしれない。

半兵衛は読んだ。

とにかく、おしまだ……。

半兵衛は、卯之吉を大番屋の牢に入れ、半次と一緒に妻恋町のおしまの家に急いだ。

妻恋町の裏通りには、物売りの声が長閑《のどか》に響いていた。

音次郎は、黒板塀に囲まれたおしまの家を見張った。

おしまは出掛ける事もなく、家は静けさに覆《おお》われていた。

音次郎は、欠伸《あくび》を嚙み殺しながら見張り続けた。

裏通りを菅笠《すげがさ》を被った男がやって来た。

男は菅笠を目深に被り、袖無し羽織に軽衫袴を着て風呂敷で包《くる》んだ荷物を背負っていた。

旅の行商人か……。

音次郎は見守った。

菅笠を被った男は、おしまの家の黒板塀の木戸門を潜った。

誰だ……。

音次郎は、おしまの家に駆け寄った。

音次郎は、黒板塀の木戸門からおしまの家を窺った。

菅笠の男は、おしまの家に入って戸を閉めた。

おしまが家に入れたとなると、それなりの拘わりのある男なのだ。
音次郎は緊張し、家の中の様子を何とか知ろうとした。
庭先に忍び込むか……。
だが、半兵衛が訪れた後だ。
おしまが警戒しているのに決まっている。
下手《へた》な真似は出来ない……。
音次郎は、忍び込むのを思い止まり、見張りを続ける事にした。
僅かな刻が過ぎた。
黒板塀の木戸門が開き、菅笠を被った男が出て来た。
おしまはどうした……。
音次郎は見守った。
おしまの姿は見えなかった。
菅笠を被った男は、荷物を背負って湯島天神に向かった。
どうする……。
菅笠を被った小柄な男を追うか、此のままおしまを見張るか……。
音次郎は迷った。

迷いは短かった。
菅笠を被った男は、裏通りから立ち去った。
音次郎は、おしまの見張りを続けた。
黒板塀の木戸門が開いた。
おしまだ……。
音次郎は睨んだ。
睨み通り、黒板塀の木戸門からおしまが出て来た。
動く……。
音次郎は、喉を鳴らした。
おしまは、辺りを見廻して足早に進んだ。
音次郎は追った。
おしまは、妻恋町の木戸を抜け、湯島天神に向かった。
音次郎は、木戸の傍にいた木戸番に声を掛けておしまを尾行た。
木戸番は見送った。
半兵衛は、黒板塀に囲まれたおしまの家を眺めた。

おしまの家は、静寂に覆われていた。

「旦那……」

半次が駆け寄って来た。

「うん……」

「音次郎、何処にもいませんよ」

「いないって事は、おしまが出掛けて後を追ったか……」

半兵衛は読んだ。

「きっと……」

半次は頷いた。

「白縫さま……」

木戸番がやって来た。

「おお、どうした……」

「はい。下っ引の音次郎さんがおしまさんを追って湯島天神の方に行きましたよ」

「湯島天神か……」

「はい」

木戸番は頷いた。

「旦那……」

「うん。助かったよ」

半兵衛は、木戸番を労って半次と共に湯島天神に急いだ。

おしまは、湯島天神の横を抜け、切通《きりどお》しに出て茅町二丁目に向かった。

音次郎は、湯島切通町の木戸番屋に駆け寄り、掃除をしていた顔見知りの木戸番に声を掛けて通り過ぎた。

おしまは、茅町二丁目を北に進んだ。

何処に行くのだ……。

音次郎は、おしまの行き先を読んだ。

此のまま北に進めば根津権現があり、千駄木《せんだぎ》になる。

音次郎は、町々の木戸番や自身番などに声を掛け、顔を見せておしまを追った。

半兵衛と半次は、湯島天神の境内におしまと音次郎を捜した。だが、おしまと音次郎はいなく、見掛けた者もいなかった。

半兵衛と半次は、湯島天神を出て湯島切通町に進み、木戸番を訪れた。

「ああ。音次郎さんならあっしに声を掛けて、茅町二丁目の方に行きましたよ」

木戸番は、茅町二丁目を眺めた。

音次郎は、行く先々の町の木戸番に己の痕跡《こんせき》を残していた。

「随分、仕込んだな……」

半兵衛は、半次に笑い掛けた。

「大分、使えるようになりましたね」

半次は苦笑した。

半兵衛と半次は、おしまと音次郎を追って先を急いだ。


おしまは、宮永町《みやながちよう》から根津権現門前町に進んだ。

何処迄《どこまで》行く……。

音次郎は尾行た。

根津権現門前の界隈《かいわい》には、都合の良い処に木戸番や自身番はなく、顔見知りの店も少ない。

親分や旦那に報せる手立てがなくなる……。

音次郎は、一抹《いちまつ》の不安を覚えた。

おしまは、根津権現の脇を進んで千駄木に出た。

千駄木には寺と武家の屋敷が連なり、緑の田畑が広がっていた。

おしまは、千駄木の通りを進んで小川沿いの小道に入り、背の高い垣根を廻した家の木戸門を潜った。

音次郎は、物陰から見届けた。

おしまの入った背の高い垣根に囲まれた家は、大店《おおだな》の寮のような建物だった。

おしまは何しに来たのか……。

音次郎は、垣根に囲まれた寮の木戸門に駆け寄り、中を窺った。

家の前庭に人気《ひとけ》はなかった。

どうする……。

音次郎は、忍び込むかどうか迷った。

次の瞬間、音次郎は背後に人の気配を感じ、咄嗟《とっさ》に身を投げた。

右の二の腕に激痛が走った。

音次郎は、必死に転がり這《は》って逃げた。

右の二の腕が斬り裂かれ、生温かい血が流れていた。

音次郎は、左手で懐の十手を出そうとした。

「動くんじゃあない……」

袖無し羽織に軽衫袴の菅笠を被った男は、音次郎に小太刀を突き付けた。

音次郎は凍て付いた。

誘《おび》き出された……。

おしまが菅笠の男と仕組んだ罠なのだ。

音次郎は気が付いた。

「町奉行所の犬だな……」

菅笠の男は、嘲笑を浮かべた。

突き付けられた小太刀の鋒《きつさき》が鈍《にぶ》く輝いた。

「い、犬じゃあねえ……」

音次郎は、喉を引き攣らせた。

「死ね……」

菅笠の男は、音次郎に小太刀を翳《かざ》した。

死ぬ……。
音次郎は、思わず眼を瞑《つぶ》った。
刹那《せつな》、鈎縄《かぎなわ》が飛来し、菅笠の男の小太刀を翳した腕に絡み付いた。
小柄な男は狼狽《うろた》えた。
「逃げろ、音次郎……」
半次が叫び、鈎縄を鋭く引いた。
菅笠の男はよろめいた。
音次郎は、転がるように逃げた。
菅笠の男は、よろめきながらも小太刀で鈎縄を切った。
半次は仰《の》け反《ぞ》った。
半兵衛が現れ、菅笠の男の前に立ちはだかった。
菅笠の男は、小太刀を構えた。
「お前が絵師の広川歌重を手に掛け、卯之吉を殺そうとしたのだな……」
半兵衛は、菅笠の男に笑い掛けた。
「だったらどうする……」
菅笠の男は、半兵衛に暗い眼を向けた。

「おしまに頼まれての所業か……」

半兵衛は、菅笠の男を見据えた。

「さあて、そいつはどうかな」

菅笠の男は苦笑した。

「ならば、お前の広川歌重への遺恨《いこん》か……」

半兵衛は読んだ。

「それは……」

菅笠の男は、迷いを浮かべた。

「良いんですよ。私に頼まれたと云って……」

おしまが、背の高い垣根の木戸門から現れた。

「やあ……」

半兵衛は笑い掛けた。

「白縫の旦那……」

おしまは、半兵衛に会釈《えしゃく》をした。

「おしま、広川歌重が昔描いた春画の女の顔をお前に似せて描き直し、端唄の弟子の隠居たちに高値で売り捌いたのを怒り、此奴《こいつ》に歌重の始末を頼んだのかな」

半兵衛は、己の睨みを告げた。

「広川歌重、生かしておけば、どのくらい女を泣かせるか分かりゃあしない。元女房として引導《いんどう》を渡してやった迄ですよ」

おしまは冷たく笑った。

「違う……」

菅笠の男は、おしまの言葉を否定した。

「柳《やなぎ》さん……」

おしまは、菅笠の男を柳と呼んで遮った。

「おしまさん、俺はお前さんの為に広川歌重を殺したわけじゃあない。歌重に騙されたのを嘆き、大川に身を投げて死んだ妻の恨みを晴らす為に殺しただけ、それだけだ……」

柳と呼ばれた菅笠の男は告げた。

「歌重に騙されて身投げした妻……」

半兵衛は眉をひそめた。

「ああ。その恨みを晴らしただけだ」

「柳、身投げした妻とは、何と云う名前だ」

半兵衛は尋ねた。

「今更、死んだ妻の名を晒《さら》し、此《これ》以上の恥を掻《か》かせる訳にはいかない……」

柳は苦笑し、小太刀を構えた。

「柳……」

半兵衛は、身構えて対峙《たいじ》した。

「白縫の旦那。柳さんは私が恨みを晴らすのを助けてくれただけなんです。何もかも私が企《くわだ》てた歌重殺しなんです」

おしまは、慌てて叫んだ。

「違う。俺はおしまさんの企てを知り、便乗して妻の恨みを晴らした。俺が絵を描く歌重の首を背後から小太刀で刺して殺した。そいつが何よりの証拠だ……」

柳は笑った。

「柳さん……」

おしまは、柳を見詰めた。

刹那、柳は小太刀を構え、半兵衛に向かって跳《と》んだ。

半兵衛は、僅かに腰を沈めた。

柳は、跳びながら半兵衛に小太刀を煌めかせた。

半兵衛は、跳んだ柳に抜き打ちの一刀を放った。
閃光が走った。
煌めきと閃光が交錯した。
柳は、半兵衛の脇を跳び抜けて着地し、素早く振り返った。
半兵衛は、振り返って残心《ざんしん》の構えを取った。
柳と半兵衛は対峙した。
半次と音次郎、おしまは、息を詰めて見守った。
やがて、柳は小太刀を落とし、ゆっくりと横倒しに崩れた。
柳の胸元は血に染まっていた。
「柳さん……」
おしまは、倒れた柳に駆け寄った。
「世話になったな、おしま……」
柳は、小さな笑みを浮かべて絶命した。
おしまは、呆然とした面持ちで柳の死体の傍に座り込んだ。
半兵衛は、刀に拭《ぬぐ》いを掛けて鞘《さや》に納め、柳の死体に手を合わせた。
「旦那……」

半次は、二の腕の傷を手拭で縛った音次郎と半兵衛に駆け寄った。

「うん。大丈夫か、音次郎……」

「はい。掠《かす》り傷です……」

音次郎は頷いた。

「おしま、柳の素性《すじょう》、知っているのか……」

半兵衛は尋ねた。

「いいえ。旦那と逢った通り雨の日、歌重の家の前で初めて逢いましてね……」

「通り雨の日に初めて……」

「ええ。通り雨に濡れた柳の葉がきらきらしていて、それを見ながら柳と名乗り、身投げした妻の恨みを晴らしに来たと云いましてね」

「ならば、柳と云う名も本名かどうか分からないのか……」

半兵衛は眉をひそめた。

「はい……」

おしまは頷いた。

「そうか……」

菅笠を被り、袖無し羽織に軽衫袴姿の男の素性は何も分からないのだ。

だが、絵師の広川歌重に騙されて身投げした妻の恨みを晴らしたと云う話は信じられる。

半兵衛はそう思った。

柳と名乗った男が絵師の広川歌重を殺したのは、卯之吉の証言でも間違いはなかった。

半兵衛は、事実を北町奉行所吟味方与力の大久保忠左衛門に報せた。その時、半兵衛は歌重が別れた女房のおしまにした仕打ちを告げた。

「広川歌重、そのように狡猾《こうかつ》で卑劣な奴だったのか……」

「はい……」

半兵衛は頷いた。

「おのれ、広川歌重……」

忠左衛門は、筋張った細い首を伸ばして怒りを露わにした。

絵師の広川歌重殺しは、柳と名乗った男の仕業《しわざ》として始末された。

遊び人の卯之吉は、広川歌重と強請を働いていた罪で島流しの刑に処せられた。

忠左衛門は、おしまを歌重の被害者の一人として放免した。

半兵衛は、半次や音次郎と柳と名乗って死んでいった男の本名と素性を追った。しかし、柳の本名と素性を突き止める事は容易ではなかった。

「よし。此迄《これまで》だ」

半兵衛は、早々に諦《あきら》めた。

「良いんですか旦那、柳の本名と素性を突き止めなくて……」

音次郎は眉をひそめた。

「柳の本名と素性を突き止めれば、歌重に騙されて身投げした女房の名も知れるからね」

半兵衛は告げた。

それは、柳と名乗った男の一番望まぬ事だ。

「じゃあ、旦那……」

「ああ。世の中には、私たちが知らん顔をした方が良い事もあるさ……」

半兵衛は、笑顔で云い放った。

「あっ、雨が降ってきましたぜ……」

半次は空を見上げた。

「雨か……」

半兵衛は、雲の厚い空を見上げた。

「通り雨だな……」

通り雨は、おしまに半兵衛と出逢わせ、柳と知り合いにさせた。

通り雨……。

この作品は双葉文庫のために書き下ろされました。

双葉文庫

ふ-16-54

新《しん》・知《し》らぬが半兵衛手控帖《はんべえてびかえちよう》

一周忌《いつしゆうき》

2021年2月13日　第1刷発行

【著者】

藤井邦夫《ふじいくにお》

【発行者】

箕浦克史

【発行所】

株式会社双葉社

〒162-8540 東京都新宿区東五軒町3番28号

［電話］03-5261-4818(営業)　03-5261-4833(編集)

www.futabasha.co.jp(双葉社の書籍・コミックが買えます)

【印刷所】

中央精版印刷株式会社

【製本所】

中央精版印刷株式会社

【フォーマット・デザイン】

日下潤一

ISBN978-4-575-67039-4 C0193
Printed in Japan

藤井邦夫
柳橋の弥平次捕物噺一
影法師
時代小説

剃刀与力こと秋山久蔵、知らぬ顔の半兵衛こと同心白縫半兵衛、二人の手先となり大活躍する岡っ引〝柳橋の弥平次〟が帰ってきた！

藤井邦夫
柳橋の弥平次捕物噺二
祝い酒
時代小説

年端もいかない男の子が父親を捜しに船宿『笹舟』にやってきた。だが、その子の父親は弥平次の手先で、探索中に落命した直助だった。

藤井邦夫
柳橋の弥平次捕物噺三
宿無《やどな》し
時代小説

浜町堀の稲荷堂で血を吐いて倒れている旅姿の女を助けた岡っ引の弥平次。だが幼い娘を連れたその女の左腕には三分二筋の入墨があった。

藤井邦夫
柳橋の弥平次捕物噺四
道連れ
時代小説

浅草に現れた盗賊〝天狗の政五郎〟一味。政五郎が元高遠藩士だと知った弥平次は、与力秋山久蔵と共に高遠藩江戸屋敷へと向かう。

藤井邦夫
柳橋の弥平次捕物噺五
裏切り
時代小説

待望の赤ん坊を身籠った黄楊櫛職人忠吉の女房おかよ。だが、柳橋に佇み涙を流すおかよは、やがて忠吉のもとから姿を消し……。

藤井邦夫
柳橋の弥平次捕物噺六
愚か者
時代小説〈書き下ろし〉

廻り髪結のおゆりを付け廻す御家人、島崎清之助。かつての許嫁島崎との関わりを断とうとするおゆりに、手を差しのべた人物とは……!?

藤井邦夫
日溜り勘兵衛 極意帖
眠り猫
時代小説〈書き下ろし〉

老猫を膝に抱き縁側で転た寝する素性の知れぬ浪人。盗賊の頭という裏の顔を持つこの男は善か、悪か!? 新シリーズ、遂に始動！

藤井邦夫
日溜り勘兵衛 極意帖
仕掛け蔵
時代小説〈書き下ろし〉
どんな盗人でも破れないと評判の札差大口屋の金蔵。眠り猫の勘兵衛は金城鉄壁の仕掛け蔵を破り、盗賊の意地を見せられるのか!?

藤井邦夫
日溜り勘兵衛 極意帖
賞金首
時代小説〈書き下ろし〉
米の値上げ騒ぎで大儲けした米問屋の金蔵に目をつけ様子を窺っていた勘兵衛は、一人の荷揚げ人足の不審な行動に気付き尾行を開始する。

藤井邦夫
日溜り勘兵衛 極意帖
偽者始末
時代小説〈書き下ろし〉
盗賊〝眠り猫〟の名を騙り押し込みを働く盗賊が現れた。偽盗賊の狙いは何なのか!? 正体を追う勘兵衛らが繰り広げる息詰まる攻防戦!

藤井邦夫
日溜り勘兵衛 極意帖
亡八《ぼうはち》仕置
時代小説〈書き下ろし〉
千住宿の岡場所から逃げ出した娘を匿った〝眠り猫〟の勘兵衛は、その背後に女を喰い物にする女郎屋と悪辣な女衒の影を察するが……。

藤井邦夫
日溜り勘兵衛 極意帖
盗賊狩り
時代小説〈書き下ろし〉
矢崎采女正が火付盗賊改方に就いて以来、立て続けに盗賊一味が捕縛された。〝眠り猫〟の勘兵衛は探索の裏側に潜む何かを探ろうと動く。

藤井邦夫
日溜り勘兵衛 極意帖
贋金作り
時代小説〈書き下ろし〉
両替商「菱屋」の金蔵から帯封のされた贋金二百両を盗み出した眠り猫の勘兵衛は、贋小判鋳造の背景を暴こうと動き出す。

藤井邦夫
日溜り勘兵衛 極意帖
盗賊の首
時代小説〈書き下ろし〉
盗人稼業から足を洗った「仏の宗平」が火盗改の矢崎采女正に斬り殺された。矢崎は宗平の首を使い、かつての仲間を誘き出そうとするが。

藤井邦夫
新・知らぬが半兵衛手控帖
狐の嫁入り
時代小説〈書き下ろし〉

行方知れずだった薬種問屋の若旦那が嫁を連れて帰ってきた。その嫁、ゆりに不審な動きが。知らん顔がかっこいい、痛快な人情裁き！

藤井邦夫
新・知らぬが半兵衛手控帖
隠居の初恋
時代小説〈書き下ろし〉

吟味方与力・大久保忠左衛門の友垣が年甲斐もなく、後家に懸想しているかもしれない。連れ立って歩く二人を白縫半兵衛が尾行ると……。

藤井邦夫
新・知らぬが半兵衛手控帖
戯《たわ》け者
時代小説〈書き下ろし〉

昼間から金貸し、女郎屋、賭場をめぐる旗本の部屋住み。絵に描いたような戯け者を尾行た半兵衛たちは、その隠された意図を知る。

藤井邦夫
新・知らぬが半兵衛手控帖
招き猫
時代小説〈書き下ろし〉

ある晩、古い茶店に何者かが忍び込み、床下に大きな穴を掘っていった。何も盗まず茶店を後にした者の目的とは!? 人気シリーズ第九弾。

藤井邦夫
新・知らぬが半兵衛手控帖
再縁話
時代小説〈書き下ろし〉

臨時廻り同心の白縫半兵衛に、老舗茶道具屋の出戻り娘との再縁話が持ち上がった。だが、その茶道具屋の様子を窺う男が現れ……。

藤井邦夫
新・知らぬが半兵衛手控帖
古傷痕《ふるきず》
時代小説〈書き下ろし〉

顔に古傷のある男を捜す粋な形の年増女。湯島天神の奇縁氷人石に託したその想いとは!? 人気時代小説、シリーズ第十一弾。

藤井邦夫
歳三の首
長編歴史エンターテインメント

箱館戦争の最中、五稜郭付近で銃弾に斃れた土方歳三。その亡骸をめぐり新政府弾正台と元新撰組隊士永倉新八の息詰まる攻防戦が始まる！